華後宮の剣姫

湊 祥 Sho Minato

アルファポリス文庫

https://www.alphapolis.co.jp/

第一章　無理難題

『詔令文書
此度、朱鈴苺《しゅりんめい》に与える役目をここに記す
一、徳妃《とくひ》・林蘭玉《りんらんぎょく》の専属武官として、後宮にて仕えよ。任期は未定
二、武官として仕える際は、素性を隠して男を装い、宦官《かんがん》となれ
以上』

まさに、青天の霹靂《へきれき》だった。

文箱《ふばこ》に入っていた紙が紫色をしていたのが見えた時点で、鈴苺は大層嫌な予感がしていた。

紫《か》――それはもっとも高貴で威厳のある色。

華国にて唯一無二の支配者である皇帝に関わるものにしか、使用が許可されていない色である。

つまり、この詔令文書は皇帝が出した命令書ということになる。何人《なんぴと》たりとも歯向かうことは許されぬ、絶対的な命というわけだ。

まあ、それはいいとする。鈴苺と皇帝は、同じ釜の飯を食った旧知の仲である。彼がわざわざ書状を送ってまで命じてきたことならば、従うのもやぶさかではない。

だが、しかし。

「意味が、分かりませんが……？」

思わず途切れ途切れの言葉になってしまった。命の内容があまりにも予想とかけ離れていたのだから、無理もない。

――普段通りの午後だったはずなのに。いつも通り、道場の外で愛刀を振り回し、軽く流れる太刀筋に「よし、今日も調子がいいわ」と、機嫌よくしていたところだったのに。

幼馴染である祥明《しょうめい》が持ってきた文書の中身に、一瞬でほくほくした気分など吹っ飛んでしまった。

「……ごめん、俺も『二』についてはよく分からん」

祥明が顔を引きつらせながら言う。

十八歳の鈴苺より三歳年上の祥明とは、物心のつく前からの仲だ。

鈴苺の父が営んでいる刀術の道場に、齢五つのころから三年ほど前まで、門下生として彼は籍を置いていた。

三年ほど前——そう、祥明が皇帝の専属武官として仕えるようになるまで。身幅の広い青龍刀《せいりゅうとう》を自由自在に操る彼は、華国屈指の刀術使いなのだった。

鈴苺と祥明の両親同士も仲がよく、ふたりも年頃になってきたので「そろそろ祝言《しゅうげん》を」なんてことをしょっちゅう話しているらしい。

しかし、毎日武の道を極めることに忙しい鈴苺は、まだ結婚なんて遠い話のように思っていた。

「劉ぎ……へ、陛下はなぜこのようなご命令を⁉」

昔の呼び名で呼ぼうとしてしまい、鈴苺は慌てて言い直した。

華国の現皇帝、劉銀《りゅうぎん》。弱冠二十歳ながら、文武両道の名君だと市井の民の間では非常に評判がいい。

まあ、名高いのは能力だけが理由ではなく、女性に見まがうほどの、絶世の美貌も備えているからだろうが。

さて、その劉銀だが。幼少のころに三年ほど道場に身を置き、鈴苺や祥明と一緒に日夜稽古に励んでいた。

高貴な血筋の者が、下町の道場で暮らすなど本来なら考えられないことだが、先代の皇帝はとても視野が広い人物だった。

「上に立つ者になるためには、武芸を極め、民の生活も知らなければならない」という言いつけによって、そのようなことになったらしい。

まるで、奉公させられるかのように置いていかれた劉銀だったが、彼は徐々に道場の生活に溶けこんでいった。

前皇帝の「武道に励んでいる間は位も血筋も意味などない」との言いつけから、恐れ多くも道場内では他の門下生と同じ扱いにされたためだ。

やんちゃな子どもだった鈴苺と祥明は、次第に劉銀と馴染み、彼が来て一年ほど経ったころには、ともに悪戯をしては師範に叱られ、時には子ども同士のちゃちな秘密を共有してこっそり笑い合う仲となった。

そう、三人には身分を超えた絆がある。

道場を巣立った劉銀とは何年も顔を合わせてはいないが、鈴苺はその絆がまだ三人全員の中に存在していると信じている。

――信じていた。信じていたというのに。

こんな意味の分からない命令をするなんて、昔の誼《よしみ》があるとはいえ、あんまりではないか。

「……祥明。さっき、『二についてはよく分からない』と言いましたよね？　では、『一』については、それなりに納得できるということですか？」

「まあな。今、後宮内が殺伐としてんだよ」

「殺伐……？」

「女官が立て続けに行方不明になってるんだ」

瞳に神妙な光を湛えて、祥明は言う。

そして、さらにこう続けた。

「半年くらい前からだったかな。女官が頻繁にいなくなるんだ。後宮での生活に嫌気が差した者の脱走は、ちょいちょいあるから最初は皆気にしてなかったんだけど……。あまりにも頻度が高いし、脱走なんかしなそうな女官までいなくなるから、これは誰かが誘拐してんだろうなっていうのが、陛下のご判断だよ」

「それは……随分物騒な話ですね」

「だよな。それで、後宮内の警備増強のために、腕が確かなお前に白羽の矢が立ったんだろ」

なるほど、確かにそこまではとても得心がいく。

だがやはり、問題は『二、武官として仕える際は、素性を隠して男を装い、宦官《かんがん》となれ』である。

――男を装う？　宦官《かんがん》？　なんでそんなことをする必要があるの？

考えれば考えるほど理解に苦しむ。

しかし、劉銀とは普段から面を合わせている祥明も、この勅令についてはよく分からないとのこと。

だが、よく分からなくてもとりあえず従わなければならない。だって相手は絶対君主なのだから。

「まあ、陛下が後宮に御渡りになる時は、俺もついていけるしさ。何か困ったことがあれば、頼ってくれればいいから」

鈴苺にとっては空前絶後の内容が記されていた詔令文書だったというのに、祥明にとってはそれほどでもなかったようで。

彼は軽く微笑みながら、そう言ったのだ。

少し釣った目に、形のよい鼻梁《びりょう》、薄い唇。長身痩躯なこともあり、なかなかの美丈夫だと鈴苺は思う。

しかし性格は、常に飄々としていて、気まぐれな猫のように掴みどころがない。

また、女性に人気がありそうな容貌だとは思うが、浮いた話は一切聞いたことがなかった。

なお鈴苺とは付き合いが長すぎて、男と女というよりは兄弟弟子のような間柄だ。季節の行事で珍しく鈴苺が女らしく着飾る場面でも、「動きづらそうだな、それ」と色気のないことしか言ってこないし、まったく女扱いされていない。

親たちは「で、お前らいつ結婚するんだ？」なんて茶化してくるけれど、鈴苺は黙ってやり過ごすし、祥明は祥明で「別に俺はいつだっていいっすけど」なんて笑って受け流している。

確かにふたりは結婚適齢期ではある。

しかし、お互いにそんなつもりはなく、気心を知り尽くした盟友だと鈴苺は思いこんでいる。

そんな祥明が、この無理難題をこなす力になってくれるのは、素直に嬉しい。――しかし。

「……後宮なんかに入ったら、思う存分稽古ができないじゃない」

と、鈴苺は肩を落とす。

護衛の任務なのだから常に帯刀できるとは思うが、四六時中妃嬪の警護にあたらなければならないということは、自分の思うようには刀は振れないに違いなかった。

「そりゃそうなるだろうなあ」

「ですよね……。ああ、本当に憂鬱だわ」

「まあ、詔令文書で来られちゃ、逆らえないよな。腹を括るしかないな」

「……なんだか軽く受け入れすぎじゃないですか。後宮に入るだけならいざ知らず、その上男装まで命じられているんですよ？」

「いやー……。お前が男装して後宮で暴れる姿を見るのも、なんかおもしろそうだなって正直思ったわ。はは」

「……なんですか、それ」

おもしろそうとはなんだ。人を見世物みたいに。

半眼になって鈴苺は祥明を睨んでしまう。

しかし彼は、口元を緩ませたままだった。

そんな彼の様子に鈴苺は深く嘆息する。


そんな鈴苺とは裏腹に、祥明はというと。

――劉銀め。なんてことをしてくれるんだ。

内心、皇帝である劉銀が恨めしくてたまらなかった。

実は祥明は、鈴苺にぞっこんだった。

武官として任務についている時も、食事をしている時も、寝所で眠りにつこうとしている時すら、頭の中は鈴苺に支配されていたのだった。

他の女性を目に入れる暇などない。後宮で美しく着飾っている妃嬪たちを見ても、美麗な風景だなくらいにしか彼は感じないのだった。

その上、「この妃が着ている衣裳、鈴苺に似合いそうだな」と、つい彼女のかわいらしい姿を想像する始末である。

中性的だが、灰汁《あく》ひとつなく整った美しい面立ち。普段はひとつに結わえている、背中の半分ほどにまで伸びた透明感のある茶褐色の髪は、その色白の肌をさらに美しく見せている。

そして小柄で折れそうなほど細い身体は、目にするたびに抱擁したくなってしまう。

しかし鈴苺の魅力は、可憐な外見がすべてではない。

その小さくしなやかな身体から繰り出される、華麗な刀術。風に舞うように刀を振るう姿は、もはや芸術と言っても過言ではない。

皇帝専属の武官である祥明ですら、瞬間の速さは彼女には敵わないほどだった。

鈴苺と祥明の両親が自分たちの婚礼に前向きなのは、願ってもないことだった。鈴苺にそんな気は全然ないらしいが、すでに外堀は埋まっているので、自分が徐々に彼女をその気にさせるように動き始めた時だったのに。

——早く正式な夫婦になって、思う存分鈴苺を愛でたい。

そんなふしだらな欲望を満たすことを劉銀に邪魔され、祥明は心底苛立ちを覚えていた。

しかし鈴苺に言った言葉はあながち嘘というわけではなかった。

後宮は風通しが悪く、常に陰謀が渦巻いているどす黒い空間である。劉銀の護衛になって三年経つが、いまだにあまり足を踏み入れたくない。

そんな混沌としている後宮に、鈴莓という爽やかな風が吹き乱れたらどうなるか。

波乱の予感しかしない。

その光景を想像するだけで、祥明の胸の内は深い愉悦で支配されるのだった。

第二章　美しき四夫人

「あなたが鈴苺……いえ、ここでは鈴翔《りんしょう》だったかしら！」

劉銀の寵姫である、四夫人のひとりの徳妃・林蘭玉は、張りのある可憐な声で言った。

後宮にて宦官《かんがん》として勤めることになった初日のこと。鈴苺は、自分の主となる林徳妃の住居である夏蓮宮《かれんきゅう》の一室にいた。

「さようでございます、娘々《ニャンニャン》。こちらでは宦官《かんがん》のふりをするようにとの陛下のご命令ですので、男性名の鈴翔で通していただければと」

林徳妃に向かって拝跪《はいき》しながら、鈴苺は丁寧に言った。

「あら、そんなにかしこまらなくてもいいわよ。面を上げて頂戴」

気さくにそう言われて、鈴苺は素直に顔を上げた。椅子に腰を下ろしていた林徳妃は、満面の笑みを浮かべている。

年齢は、鈴苺のひとつ上で十九歳と聞いている。

黒曜石のように輝く大きな双眸《そうぼう》、艶やかな漆黒の髪、新雪のように白い肌は、さすがは皇帝の愛妃と言えよう。

小柄で童顔であるため、年齢の割に幼さを感じるが、出るところはきちんと出ている。不整合な顔と身体の具合が、特有の色気を強調していた。

詔令文書には詳しいことは書かれていなかったが、後宮に入ってから任務の詳細を官吏《かんり》から聞かされた。

鈴苺の職務は、林徳妃の専属の護衛として、身を挺して彼女の安全を守ること。彼女が夏蓮宮を離れる場合は、特に注意して警護するようにとのことであった。

任務の都合上、林徳妃と彼女にかしずいている一部の女官のみには、鈴苺の本来の性別を明かしていたのだった。

「私の専属の護衛ってことで、これからよろしくね！　あの、陛下があなたのことを鈴鈴《りんりん》って呼んでいたのよ。なんだかかわいい呼び名だから、私もそう呼んでいいかしら？」

「はあ、構いませんが……」

嬉々とした面持ちでそう言われてしまったら、承諾せざるを得ない。

――武官にしてはかわいらしすぎる名前よね……。もう、劉銀ったら。

子どもの時の呼び名で通さないでいただきたいものだ。

そんなことを考えていると、林徳妃は目を細めて鈴苺を見つめていた。まるで観察でもするかのような視線に、戸惑いを覚える。

「あ、あの。林徳妃様。私に、何か……？」

「あ、いえ……。男装、とても似合っているのだけどね。ちょっと美少年すぎないかしらねぇ……。心配だわ」

「心配……と、申しますと」

「だってここは欲望渦巻く後宮ですもの。愛に飢えた女官や、少年趣味の宦官《かんがん》が変な気を起こさないかどうか……」

心底案じているように林徳妃は言うが、鈴苺はいまいち理解できなかった。

――こんな貧相な体の武官に、そんな気を起こす人がいるのかしら。

鈴苺は物心ついたころから、父親の道場で、日々刀の鍛錬を行っていた。

そのせいか、自身の容姿について恐ろしく興味がなかった。

林徳妃の言う通り、見る者を魅了する愛らしい外見をしているのだが、本人はあずかり知らないのだった。

「よく分かりませんが、腕には自信がありますので。変な者が近寄ってきたら、のせばいいだけです」

自分に害をなすものは、刀を振って追い払えばいい。今までそうやって生きてきた鈴苺は、いつもの調子で言う。

するとと林徳妃はおかしそうに笑った。

「おもしろいわねえ、鈴鈴。陛下はいい子を私につけてくれたわ。腕は申し分ないって言っていたし。ねえ、桜雪《おうせつ》」

「さようでございますね。徳妃様と年齢も近いみたいですし、よい関係を築けそうですね」

林徳妃に話を振られた、女官の桜雪は鷹揚に頷きながら言った。

夏蓮宮に籍を置いている女官の中で、もっとも徳妃が信頼を寄せているのが彼女だとのこと。

「あ、桜雪もそう思う？　それじゃあ鈴鈴。後で貢物のお菓子をいただきましょ。庭園で鞦韆《ぶらんこ》遊びもどう？」

「……徳妃様。鈴鈴は護衛ですからね。武官の方はあなた様をお守りするために常に気を張っているのですから、あまり遊びにつき合わせないように」

苦笑を浮かべながら、たしなめるように桜雪は言った。林徳妃はぺろりと舌を出す。

桜雪の年のころは、二十代前半といったところか。林徳妃に対する振る舞いを見ていると、優しく見守る姉のような立場らしい。

常に柔和な微笑みを浮かべているが、主に対しても言うべきことはきちんと言う。そんな桜雪に、鈴苺は好感を持った。

鈴苺の真の姿を把握している女官は、桜雪とその下の数名だけだった。

鈴苺としては、夏蓮宮の女官皆が自分の素性を知ってくれていたら過ごすのも楽なのだけど、ここは陰謀渦巻く後宮。

誰がいつ、間諜《かんちょう》としての正体を現すか、叛意《はんい》を示すか分からない場所なのだ。

よって、秘め事は真に信頼できる数名のみで共有するのが常識なのであった。

しかも、現在皇后が不在であるこの国は、皇后の次の位である四夫人による立后争いが激しく、後宮内のいたるところでピリピリしていると、鈴苺も風の噂で耳にしていた。

四夫人こと正一品《しょういっぽん》は、貴妃《きひ》、淑妃《しゅくひ》、徳妃、賢妃《けんひ》の四名で構成されており、鈴苺の眼前で優雅に座る林徳妃もそのひとりだ。

林徳妃は、先代の皇帝に仕えていた宰相のひとり娘で、劉銀とは乳飲み子のころから関わりがあったそうだ。

劉銀ともっとも付き合いが長く、肝胆相照《かんたんあいて》らす仲であるとすら言われている林徳妃は、もっとも皇后に近いと市井の民は皆噂をしていた。

確かに、直接林徳妃と相対した鈴苺は、彼女の魅力をふつふつと感じていた。高い位の妃でありながら、それを感じさせない人懐っこさと、寵姫として申し分のない美しさ。

もし皇后の座についたとしても、彼女の信念で、彼女の歩幅で、後宮をそつなく掌握しそうな気配を感じ取れる。

徳妃以外の四夫人については、まだ顔を合わせていないので鈴苺はよく知らない。

貴妃は絶世の美女だとか、淑妃は十年前と変わらない姿をしているからあやかしの類ではないかとか、賢妃は科挙《かきょ》を突破した文官よりも聡明だとか、巷で聞き及んだ情報は知っているが、所詮根も葉もない噂である。

——女官の行方不明事件が気になるし。徳妃様以外の四夫人についても、情報を集めないと。

後宮の内情は、位の高い者のところに集まるはずだ。まずは自分に無理難題を言ってここに引っ張りこんだ劉銀に話を聞きたいところだったが、さすがに一介の武官が皇帝を呼びつけるわけにはいかない。

まあ、昔の彼の様子から考えると、そのうち直接話をする機会を設けてくれるだろう。

というわけで、まずは徳妃に女官の行方不明事件について尋ねようと、鈴苺は口を開いた。

「徳妃様。私がここに呼ばれたのは、最近後宮で女官が行方不明になっていることが関係しているのではないかと、祥明が申していたのですが……」

「あー！　その話ね！　うん、いろいろ詳しく話そうと思っていて。……だけど、もう時間切れみたい」

「時間切れ……？」

「ええ、鈴鈴。徳妃様はこの後すぐに、他の四夫人とともに茶会の予定が入っているの。そろそろ、御着替えや御化粧の御仕度や、水菓子と茶の用意をしなければならなくって。こみ入った話は、その後にお願いね」

ばつが悪そうに微笑む徳妃の代わりに、桜雪が説明をした。

「なるほど、そうだったのですね」

「はい。鈴鈴も、徳妃様の護衛としてもちろん随行してちょうだいね」

「かしこまりました」

その後、鈴苺は林徳妃と桜雪とともに、衣裳部屋へ移動した。

徳妃は衣裳担当の女官に手早く着替えさせられ（肌着を合わせる時は、鈴苺は席を外していた）、半透明の披帛《ひはく》や重そうな金歩揺《きんほよう》を次々と合わせ、あーでもないこーでもないと言いながらもっとも美しく見えるものを探していく。

そしてその間に、化粧係は徳妃の美肌をさらに白く塗っていた。嗅ぎなれていないためか、白粉《おしろい》の匂いを強く感じた鈴苺は、鼻腔をむずむずとさせた。

「……衣裳も化粧も、今日はなんだか気合いが入っているわねぇ」

「だって、本日は久しぶりに四夫人が一堂に会する茶会なのですから！　美しく仕上げないと、小馬鹿にされてしまいますわ！」

疲れた顔で女官に身を任せる林徳妃とは対照的に、気概に満ち溢れた様子で化粧係の女官は言った。

──お姫様も大変だわ。きれいだけど、重そうなお衣裳……

木偶《でく》のように女官に身を任せて美しくなっていく林徳妃を見て、他人事ながらも鈴苺は同情するのだった。


四夫人が集う茶会は、後宮の庭園の一角で行われた。

徳妃の少し後ろを、警戒しながら歩いて到着した庭園は、見事な藤棚によって囲まれていた。

濃い紫色の藤の花が隙間なく垂れ下がる様は、艶やかかつ幻想的であり、鈴苺の心は躍る。

藤棚をかき分けるように建てられている四阿《あずまや》に宴席は設けられていた。すでに、徳妃以外の四夫人は集っていて、脇息《きょうそく》にしなだれかかるように身を預け、くつろいでいる妃もいる。

──ん？　子どもが紛れている……？

鈴苺が思わず凝視してしまった彼女は、瑠璃色の裙《もすそ》に、桃色の上襦《うわぎ》を合わせ、さらに薄紅色の披帛《ひはく》を垂らしていた。きれいな色合いではあるが、幼女が好むような派手な色彩だ。

宴席にちょこんと座っていたが、小柄な林徳妃に比べても随分華奢で小さいように見えた。

どこからどう見ても童女だった。後宮で生まれた子どもが紛れてしまったのかと、最初は思った。

しかし彼女は主賓の席に腰を下ろしているのだ。それは、つまり。

──四夫人の、誰かってことよね……？

あまりに信じられなくって、さらに目を凝らして見てしまう。──すると。

「鈴鈴。そんなに見ちゃだめよ」

鈴苺の傍らに立つ桜雪に、苦笑しながらたしなめられてしまった。

「あ、すみません。つい……」

「まあ、信じられないのも無理はないわ。どう見ても十代前半くらいよねえ。あの方は姚愛香《ようあいこう》様……淑妃様よ。ああ見えて、御年二十八なのよ」

「にじゅうはち……⁉」

衝撃的過ぎて、思わず復唱してしまう鈴苺。桜雪の言う通り、どう多く見積もっても十五には届かなそうな外見なのだ。

それがまさか、実年齢と十以上も乖離《かいり》しているなんて。

「わあ、この茘枝《ライチ》っていう果物、甘くておいしいですわ〜」

肉叉《にくさ》に刺された水菓子を頰張りながら、舌っ足らずな声で言う。その姿は、ますます無邪気な子どものようにしか見えない。

――何か、特別な美容法でも行っているのかな。四夫人だから、化粧品は高価なものを使っているんだろうけど……

そんなことを考えていると、姚淑妃は自分の隣に座る女性の袖を引いて、こう言った。

「ねえ、白《はく》賢妃様。これ本当においしいですわよ。こっちの山竹《マンゴスチン》という果物も！　あなたも食べて」

「ふむ、そうか。ではひとついただこう」

姚淑妃に白賢妃と呼ばれた妃嬪は低い声でそう言うと、小卓《しょうたく》の上に供された水菓子をひとつ口へと運んだ。

あの方は賢妃・白高花《こうか》様よと、桜雪は林徳妃が宴席につく準備をしながらも、鈴苺に耳打ちしてくれた。

市井で耳にした話だと、白賢妃は四夫人の中でもっとも年長だと言われていた。確かにそれは事実だったようで、恐らく三十代に差し掛かったところだろう。

しかし彼女はとても美しかった。鋭い切れ長の双眸《そうぼう》に、すっと通った高い鼻梁《びりょう》。厚い唇には、深緋色の紅が引かれていて、きりりとした面立ちの彼女にはその渋みのある色がとても似合っていた。

年齢を重ねた上でしか醸し出せない上質な色香は、少し離れた場所にいる鈴苺にもひしひしと感じられた。

姚淑妃と白賢妃が隣同士に並ぶとまるで親子のように見えてしまう。

しかしふたりは気心の知れている仲のようで、水菓子を食べては微笑みあって話している。

「遅れてしまってごめんなさい。準備に時間がかかってしまって」

鈴苺の主である林徳妃が、申し訳なさそうに言いながら宴席につく。鈴苺は彼女の背後に背筋を伸ばして立った。

護衛としてもっとも適切な位置だと思う。腰にぶらさげた愛刀を、いつでも抜く覚悟はもちろん備えている。

よく見ると、他の四夫人の傍らにも護衛らしき武官がいた。茶会の場でもひとりひとりにぴたりと警備がつかなければならないほど、やはり現在の後宮内は殺伐としているのだろう。

「あら、本当に準備にお時間がかかったの？　いえ、ごめんなさいねぇ。その割には、いつもと変わらないお姿であるように見えて」

間延びした声でこれ見よがしに嫌味を吐いてきたのは、まだ桜雪に名前を教わっていない妃嬪だった。

しかし残るは貴妃である、梁羅世《りょうらせい》しかいない。確か、絶世の美女として庶民の間では謳われている妃嬪のはず。

――ああ、確かに類い稀な美しさだわ。

遠目にも、梁貴妃の煌びやかな魅力は眩しく映った。

吸いこまれてしまいそうな大きな茶褐色の瞳は流星のように輝き、薄桃色の形のよい唇は愛らしく艶めかしい。

西のほうの血が混じっているのか、華国では珍しい栗色のふわりとした髪がなびくさまは、妖精のようだった。

そして顔のそれぞれの部位が、黄金比と呼んでも差し支えない大きさと配置になっていた。

他の四夫人も、皆が皆もちろん美しくはある。皇后不在の後宮で、もっとも皇帝の寵を受けているだけあって、下町で話題になるようなちょっとした美人では、太刀打ちできないほどの美貌を備えてはいる。

しかし、梁貴妃は群を抜いて美しい。彼女の美貌をめぐって、戦が起こってもおかしくないようにすら思えた。とっさに傾国の美女という形容が浮かぶほどの美人を、鈴苺は初めて目にしたのだった。

「あら、そうなの？　梁貴妃様、そういうあなたはいつもとお変わりはあって？　ごめんなさいねー、あなたってばいつもキラキラと派手な色のものばかりお召しだから、いちいち見てないし、覚えてないのよね。目が疲れちゃうもの」

梁貴妃の嫌味を、にっこりと微笑みながら受け流す林徳妃。とても慣れているような口ぶりだった。

確かに、言われてみれば梁貴妃の衣裳や装飾品は、濃い紅色や金色が多く、やたらとギラギラしているように映った。

顔自体が派手なつくりなのだから、もっと落ち着いた配色にしたほうがまとまりがあるような気がする。

……と、流行に疎い鈴苺ですら、そう思った。

「は⁉　な、何よ失礼ね！　あなたもその金歩揺《きんほよう》、全然似合ってないから！　趣味悪いわね！」

「あら、これは陛下が遠征のお土産に私にくださったものよ。陛下の感性を侮辱する気？」

「そ、そうなの⁉　なんですって……！　私にはくださらなかったのにぃ！」

「まあ、嘘だけど」

「えっ、は、はあ～⁉　ちょっとお！」

陛下から、と聞いた時は涙目になっていた梁貴妃だったが、それがからかいだと知るや否や、激高した様子で林徳妃に詰め寄る。

しかし林徳妃は「ふっ」と小さく鼻で笑って彼女をあしらうのだった。

梁貴妃は、意地が悪そうではある。

しかし素直に感情を表に出す様子と、その美貌があいまって、どこか憎めない人物に思えた。

「……梁貴妃様は、いつもあんな感じで嫌味を言ってくるんだけど、そのたびに徳妃様に返り討ちにあうのよね～。それでも懲りずに、毎回言ってくるの」

またもや、桜雪が鈴苺に耳打ちしてきた。なぜかニヤニヤと、少しいやらしい表情をしている。

「へえ、そうなのですか。それにしてもとても素直そうなお方ですね。梁貴妃様は」

「ああ、鈴鈴も分かる？　姚淑妃様と白賢妃様は、梁貴妃様のことなんて相手にしてないからね。それもあって、私たちの徳妃様にやたらと突っかかってくるの。まあ、徳妃様もあまり本気で話はしていない感じだけど……。一応、ああやって相手にはしてあげてるから」

「……なんだかちょっとかわいそうに思えてきました」

掛け値なしの絶世の美女が、まさか四夫人の中では味噌っ滓《かす》とは。

——もしかして、徳妃様と仲よくなりたいんじゃ。

毎回ああやって絡んでくるとしたら、そうなのかもしれないと鈴苺は思った。

しかし見るからに自尊心が高そうだし、本人ですら自分の本心に気づいていない可能性も高い。

それにしても、だ。

林徳妃と梁貴妃の嫌味の応酬、にやつきながら四夫人の内情を話す桜雪に、やはりここは女の園なのだなと、鈴苺は実感した。

四夫人に仕える女官たちも、茶や水菓子の準備をしている他は、常に何やらひそひそと会話をしているようだった。

くすくすと耳障りな笑い声を漏らしたり、自分の主以外の妃嬪を見ては薄ら笑いを浮かべたりしている。

生まれてからずっと、道場で男性とばかり過ごしていた鈴苺は、女性らしい話題や空気に大層疎い。

——男装なんて！　って最初は思ったけど。結果的には、よかったのかもしれないわ。女としての私がここでやっていける気がしない……

そんな風に、劉銀にほんの少しだけ感謝の念を抱いていると。

「…………」

この場所に来た時から、その視線は感じていた。

殺気は感じられなかったので、新参者の自分を値踏みしているのだろうと、あまり気にしていなかった鈴苺だったが。

視線の主が片時も鈴苺から目を離さないのだ。すでに十分ほどは経っていると思う。じっと、静かに自分だけを見つめるその様には、さすがに不信感を抱かざるを得なかった。

「……桜雪。あの、梁貴妃様の傍らに立っている方は、なんという方ですか」

小声で桜雪に尋ねる。

するとなぜか、彼女は嬉々とした面持ちになった。

「まあ鈴鈴！　あのお方が気になるの⁉　なかなか審美眼に優れているわねえ。美男よねえ、彼」

「いえ、そういうことではなく……」

なんだか勘違いされている気がする。

戸惑いながらも否定するが、桜雪の言葉を聞いてその人物を改めて見ると「確かに」と思ってしまった。

彼の主らしい梁貴妃に、どことなく似ていた。

茶褐色の澄んだ瞳に、風になびく栗色の髪。そして、これでもかというほど整った面立ち。

ひょっとしたら、梁貴妃と血縁関係にあるのかもしれない。

現在の後宮の規則は、歴史の中では割と緩いほうであり、妃嬪の親族の男性ならば、専属の武官や文官として配置される場合がある。ただし、通いであり夜間は立ち去らなければならないが。

例の彼は、宦官《かんがん》服ではなく、装飾が施された空色の甲冑を身に着けているため、やはり梁貴妃と血の繋がりのある男性武官のようだ。

槍の使い手らしく、彼の身長よりも長さのある槍を立てて佇んでいる。穂先の根元には、深紅の槍纓《そうえい》が結ばれていて、風で鮮やかに靡《なび》いていた。

「あら、違うの？　私はてっきりあなたも目を付けたのかと」

「違います……って、あなたもってことは、桜雪はあのお方をお慕いしているのですか？」

「ふふ、まあね。あの人は梁貴妃様の専属の武官の梁光潤《こうじゅん》様よ。確か、貴妃様の分家の血筋だったかしら。いつも冷静沈着なんだけど、槍を振るう姿が本当にかっこよくて……！　あー、でも梁貴妃様と親戚になっちゃうのはちょっとねぇ……。まあ、私なんかが光潤様のお目に留まるわけはないんだろうけど」

「はあ……。とりあえず、彼の素性についてはよく分かりました。ありがとうございました」

桜雪の言葉の後半の乙女心垂れ流しの部分は話半分に聞きつつ、素直に礼を言う鈴苺。

しかし、彼――光潤の正体は分かったとはいえ、なぜ彼が自分を注視し続けるのかはまったく分からなかった。

――気になっちゃうわ。私こういうの、そのままにしておけないのよね。

鈴苺は彼のほうへ近づいた。

もちろん、護衛として林徳妃を守るのが最優先なので、彼女のほうに注意を払いながら。

「先ほどから、私のことをずっと見ていらっしゃいますけれど。私の顔に、何かついているのですか？」

首を傾げながら、素直に尋ねた。

すると光潤は、しばしの間鈴苺の頭頂部から足先まで視線を這わせるように眺めた。

彼は眉をひそめて鈴苺を見つめながら、口を開いた。

「いや……。新しい林徳妃様の護衛が、女性のように小柄なので信じがたかったのだ。近くで見ると、ますます小さいな」

「ああ、よく言われます」

女だてらに武芸をやっていると、そのようなことを言われることは多く、鈴苺は慣れきっていた。

――まあ、確かに。大きくて力の強そうな人と比較したら、見るからに弱そうよね。

華奢で身長の低い自分を光潤が過小評価するのはいたし方のないことだと、鈴苺は素直に思う。

「……林徳妃様が心配だ。そなた、まるで腰の刀に支えられているようではないか。本当にその細腕でそれを振るえるのか？」

揶揄したつもりだったのに、まったく動じた様子のない鈴苺が気に入らなかったのか、光潤は槍底で地面をトントンと叩きながら、瞳に圧を込めて言う。

「そうですね。こう見えてわりと力持ちなんですよ」

「とてもそうは見えん。そなた、武官ではなく内儀司《ないぎし》や内食司《ないしょくし》に勤めることをお勧めする」

「あいにく、芸事や料理は苦手で……。あ、刀舞なら少し。うーん、でもやっぱり私が一番得意なのは刀術でして」

「……やはり何かの間違いでは」

実力がないと信じて疑わない様子の光潤に、とうとう鈴苺は困窮してしまった。と、言っても彼に舐められているとは微塵も思っていない。

――この人、本気で林徳妃様の安全を心配しているんだわ。うーん、私ならそれなりに護衛の任をこなせるって、どう説明したらいいんだろう。

道場で、実直な門下生たちとばかり過ごしていた鈴苺は、これまでややこしい感情を向けられたことがなかった。

「ちょっと光潤。鈴鈴は陛下のご推薦で私の武官になったのよ。その物言いは失礼ではなくって？」

林徳妃がふてくされた様子で言うが、光潤は眉間に皺を寄せたまま「いや、しかし」とぼやく。

「あら、でも光潤の言う通りじゃない。その子明らかに弱そうだし、女の子みたいにかわいい顔をしてるもの。護衛なんて務まるの？　あなたのところは人材不足でかわいそうねぇ」

水菓子の刺さった肉叉《にくさ》を手に、小馬鹿にしたように梁貴妃が言った、次の瞬間だった。

「――そこまで言うなら、試してみるか？」

それは、涼し気で威厳のある声音だった。四夫人や女官たちの甲高い談笑の声が、一瞬で止む。

「陛下……！」

光潤が驚愕の声を漏らした後、その場で慌てて叩頭《こうとう》した。虚を突かれた鈴苺も、彼に倣うようにひれ伏したのだった。

――え、なんでいきなり劉銀がここに？

頭を地面につけながら困惑する鈴苺。唐突すぎた久しぶりの再会に、気持ちがついていかない。

「へ、陛下！　いらっしゃるとはお聞きしていなかったもので……。すぐに席をご用意させますわ！」

林徳妃の慌てふためく声が聞こえてくる。

他の四夫人からも、「このような場に来ていただけるなんて」「とにかくこちらにお座りください」なんて声がした。

「そんなにかしこまらなくてよい。書状の確認に飽きて外に出たら、賑やかな声が聞こえてきたものでな。皆、頭を上げて楽にせよ。光潤……鈴鈴も」

言われた通り顔を上げると、劉銀は鈴苺の目の前で仁王立ちしていた。彼の隣には、専属武官の祥明がついている。

――随分、皇帝っぽくなったわね……

最後に劉銀と相対したのは、彼が十二歳のころだ。

八年の月日は、小柄でどちからというと頼りなかった少年を、立派な美丈夫に仕立て上げていた。

公式の行事や朝議ではないからか、劉銀はゆったりとした平服に身を包み、夜の闇のように艶やかな黒髪の上部分だけを簡素にまとめている。

頭髪と同色の漆黒の瞳には、穏やかだがどこか達観したような光が宿っている。それは弱冠二十歳ながら華国を治める皇帝として、とても似つかわしいと鈴苺には思えた。

そして、少年時代は少女と見まがうほど美しかった美貌は、もちろん眩しいままだった。

しかし、平服の上からでも分かる鍛え抜かれた胸板に、しっかりと出た喉ぼとけには、昔は感じられなかった雄々しさが溢れている。

男らしく変貌した劉銀だったが、鈴苺には特に感動はなかった。彼に対しては、今は不満しかないのである。

――もう、男装して後宮に入れだなんて無茶な命令をしてきて。一体何を考えているのかしら。

こっそり劉銀を睨みつける鈴苺。すると、その視線を察したのか彼とはたりと目が合ってしまう。

鈴苺の不満な瞳に戸惑う様子もなく、劉銀はにやりと不敵に笑う。鈴苺は頬をひきつらせた。

「――陛下。先ほど、『そこまで言うなら、試してみるか』とおっしゃっていましたが」

光潤が尋ねると、劉銀はふふ、と小さく笑い声を漏らす。

「光潤と梁貴妃は、鈴鈴の腕を信じられないのだろう？　だから、試せと申したのだ」

「……どういうことでしょうか？」

「何、簡単なことだ。光潤と鈴鈴がこの場で軽く手合わせすればいいだろう」

どこか愉快そうに微笑みながら、劉銀は言う。彼の傍らに立つ祥明が苦笑を浮かべた。

「この場で、でございますか……？」

突拍子のない提案に、少々戸惑ったように光潤が尋ねる。

「うむ。お前だけでなく、梁貴妃も鈴鈴の実力に懐疑的なようではないか。ただでさえ、今の後宮は殺伐としているのだ。四夫人間の疑念はできるだけ少なくしておきたい」

「……って、もっともらしいことをおっしゃいますが。おもしろそうだからけしかけているだけではないのですか、陛下」

一応最低限の敬語は使っているが、からかうように祥明が言う。まるで同年代の友人を茶化すように。

「うむ、その通りだ」

「ですよね」

悪びれた様子もなく肯定する劉銀に、呆れた様子の祥明。

他の者が動じていないことから、このふたりの掛け合いはいつものことのようだ。

付き合いの長い祥明は、劉銀にとって気を許せる存在なのだろう。

「──陛下がお望みであれば。俺が彼のような小さく非力な者に、敗北を喫することなど考えられませんが」

澄ました表情で光潤が言う。だが、槍を見せつけるように構える様子からは、絶対的な自信が見て取れた。

そんな光潤に、祥明は近づく。

「……光潤、お前」

「なんだ」

「痛い目見んぞ、気をつけろ」

祥明はポンポンと彼の肩を叩きながら、憐れむように言った。同僚だからか、ふたりとも気安い口調だ。

光潤は祥明の忠告がまったく理解できないようで、小さく首を捻るだけだった。

「宴席の奥なら、ちょっと広さがあるので立ち合いができそうです」という桜雪の声に、一同はそちらへ移動した。

対峙する鈴苺と光潤を囲むように、劉銀や祥明、四夫人、女官たちが立ち会う。

もちろん余興の立ち合いで斬り合うわけにはいかないので、劉銀が女官に命じ、武器庫から模造刀と模造槍を持ってこさせた。光潤は切っ先が削った木でできた槍を構える。

鈴苺はというと、模造刀は受け取らない。鞘に入れたままの愛刀を構えた。

「……変わった曲刀だな」

光潤が鈴苺の刀を眺めながら言った。

「さすが、武官の方は分かるのですね！　これは東の国から伝わった、倭刀《わとう》という代物なのですよ。とてもいい刀なのです！」

思わず弾んだ声を上げてしまう。

華国で使われる曲刀と言えば、身幅が広く祥明も愛用している青龍刀《せいりゅうとう》、またの名を柳葉刀《りゅうようとう》が定番だ。

細い刀身の倭刀《わとう》は、鈴苺も自分以外の使い手を見たことがない。

五年ほど前に、父が行商人から買ったものを試しに振ってみたら、とてもしっくりとくる太刀筋になった。

手が小さく男性よりも筋力のない鈴苺には、青龍刀《せいりゅうとう》に比べると軽量で細い刃が適合したのだった。

それからはずっと倭刀《わとう》一筋で稽古に励んだ。

盲愛とも言えるほどお気に入りの刀なのに、知名度がまったくないため誰とも倭刀《わとう》について語り合うことができなかったので、光潤が物珍しさに気づいてくれただけで、鈴苺は嬉しかったのだった。

「なぜそのように嬉々とした面持ちになるのだ」

「え？　いえ、この刀のお話ができて、嬉しくて」

「……そなたと話していると調子が狂う。そなたと俺は、今から一戦交えるのだぞ」

「あ！　はい！　よろしくお願いします！」

光潤がなぜ調子を狂わせるのかは分からなかったが、今日初めて刀を振るえることがやはり嬉しくて、満面の笑みを浮かべてしまう。

鈴苺は、刀を振り回すことが何よりも生きがいであった。三度の飯よりも、洒落た衣裳に袖を通すことよりも、断然。

「なんかごちゃごちゃ話してるけど、そろそろ始めていいか？」

劉銀に立会人を任されたらしい祥明が、向かい合っているふたりの傍らに立つ。

「いいぞ、祥明」

「私もです」

「うん。勝敗の決め方だが、相手の体に一太刀入れるか、武器を吹っ飛ばしたほうが勝ちだ。──始め！」

祥明の掛け声とともに、立ち合いが始まった。

一瞬で勝敗がついてしまった。

模造とはいえ、重量のある長槍が宙を舞う。回転しながら、女官たちが団子になっているほうへ落下してしまった。

彼女たちが慌てた様子でそれをかわすと、槍を飛ばした張本人である鈴苺は「も、申し訳ありません！　当たった方はいらっしゃいませんか⁉」と謝罪しながら駆け寄った。

光潤は、呆然と立ち尽くしていた。何が起こったのか、理解していないような面持ちだった。

祥明の開始の声が聞こえた直後。

大きく槍を振った光潤の懐に鈴苺はさっと飛びこんだ。

そして両手で持った倭刀《わとう》を渾身の力で振るい、槍の柄を弾いて吹っ飛ばしたのだった。

そんな瞬時の攻防を、一体、この場にいた何名が目で追えていたのだろうか。

感嘆の口笛を吹いた祥明と、立ち合い前から悠然とした微笑みを浮かべている劉銀くらいかもしれない。

「……陛下も人が悪いですね」

放心状態の光潤と、どよめいている女官たちを尻目に、祥明が呆れたように微笑む。

「何がだ」

「鈴鈴の実力を分かっていながら、けしかけるとは。光潤、衝撃を受けているじゃないですか」

「よい薬になったではないか。あれを馬鹿にする輩は、何人《なんぴと》たりとも許さぬ」

冗談めかした口調だったが、劉銀の目は据わっている。「あ、本気だ……」と、祥明は密かに恐れおののく。

「まあ……。俺だって、速さじゃ鈴鈴に勝てないしなあ」

慌てた様子で女官に頭を下げている鈴苺を目を細めて眺めながら、祥明は独り言ちる。

道場で一緒に稽古に励む時。鈴苺と祥明は、今のような立ち合いの五本勝負を、よく行っていた。

日夜鍛錬に励んでいるとはいえ、やはり鈴苺は女性。筋力も持久力も、祥明には遥かに劣る。

皇帝専属の武官である祥明が勝ち越す確率はやはり高かったが、最初の一本に限っては、祥明が鈴苺に勝利したことは一度もなかった。

瞬間的な素早さについては、祥明はどうしても鈴苺に敵わないのだ。

さらに、女性ならではの柔軟性から繰り広げられる、倭刀《わとう》の複雑な動きは、気を張っていても毎度虚を突かれてしまう。

一瞬の速さと柔らかな身のこなしでなされる鈴苺の太刀筋を見極められる武官は、華国の雄大な歴史を遡っても、そうは存在しないだろうと祥明は思う。

そして何よりも、その華奢な体には不釣り合いともいえる長い曲刀を、自由自在に操りながら鈴苺が宙を舞う姿は、芸術と称しても過言ではないほど、鮮やかで美麗だった。

流水のように、疾風のように軽やかな動きは、さながら蝶のようだった。

現に、茶会に参加していた四夫人は皆、呆気に取られたように鈴苺を眺めていたし、どよめきが落ち着いた場は水を打ったような静寂に包まれていた。

皆、鈴苺の速さをきっと目では追えていないはずだ。しかし、その身のこなしの美しいことだけは網膜に焼きついているだろう。

「……俺がこんな小柄な者に……？　嘘、だろ？」

いまだに現実を受け入れられないらしい光潤は、虚ろな瞳でぶつぶつと独り言ちていた。

鈴苺はそんな彼の様子など気づいていないようで、「ありがとうございました！」と爽やかに声を張り上げ、行儀よく一礼した。

――すると。

「す、すごいじゃない鈴鈴！　かっこよかったー！」

林徳妃が、興奮した様子で鈴苺に駆け寄った。それをきっかけに、今まで静まり返っていた女官たちがざわめき出す。

「な、何……？　あの小さな宦官《かんがん》が、光潤様を……？」

「まさか……。そんなことって」

「鈴鈴って呼ばれていたわよね。結構、かわいい顔してない？」

「……私さっきから胸の鼓動が収まらないのだけど。恋かしら？」

なんて会話が聞こえてきて、祥明は苦笑を浮かべた。

鈴苺の男装した姿を目にした時から「かわいすぎる。女官に恋情を抱かれやしないか」と懸念していたが、ここまであっさり予想通りになるとは。

まあ、美少年が背の高い武官をあっさりと倒す姿は、あまりにも絵になりすぎた。女官たちが興奮するのも仕方あるまい。

鈴苺は、林徳妃とその周囲の女官に褒めちぎられて、照れ笑いを浮かべていたが、まんざらでもなさそうだった。

その一方で――

「……ふん！　さっさと帰るわよっ！　ほら、光潤！」

自身の護衛があっさりと敗北し、屈辱らしい梁貴妃は、金色の刺繍が入った襦裙《じゅくん》をばさりと翻し、藤棚の奥へ消えていった。

その後には、いまだに心ここにあらずといった様子で、ふらつきながら光潤が続いていく。

「……やっぱおもしろくなりそうだな」

普段の、女臭さしかない茶会とはまったく違った光景に、祥明は密かに微笑むのだった。

四夫人による茶会が行われた日の、夕刻のこと。

鈴苺はなんと、劉銀の執務室へ呼び出された。

――劉銀には早く話を聞きたいと思っていたから、ちょうどよかったわ。

なぜ自分を武官として後宮入りさせたのか。女官の行方不明事件との関連はあるのか。そして何よりも、なぜ男装させたのか。

彼には尋ねたいことが山ほどあった。

執務室の扉の外には衛士《えじ》が槍を立てて立っていた。彼は鈴苺の姿を一瞥すると、扉の中に向かってこう声を張り上げた。

「陛下、武官が参りました」

「通せ」

執務室からはすぐに、朗々たる声が返ってくる。衛士《えじ》が扉をそっと開けると、鈴苺はゆっくりと足を踏み入れた。

劉銀は執務のための机ではなく、くつろぐための茶卓に向かうように席についていた。彼の傍らには、祥明が佇んでいる。

「鈴め……鈴翔、参りました」

その場で叩頭《こうとう》する。

皆が鈴鈴と愛称で呼ぶので、まだ男性名に慣れておらずうっかり本名を言いそうになってしまう。

いのかも。

　――まあ、ここは私が男装をしていることを知っている人しかいないから、別にい

「そんなにかしこまるな。楽にしろ」

「――はい」

　劉銀に言われた通りに顔を上げる鈴苺。

　しかし劉銀は、いまだに跪《ひざまず》いている鈴苺に対して、眉をひそめて不満そうな顔をする。

「だから、かしこまるなと言っているだろう。ここには俺と祥明と、お前の三人しかいない。この面子の時は、昔のようにしろ」

「昔のように、とは……？」

「俺がお前の父……朱敬輝《けいき》殿の道場に身を置いていた時のようにだ。あのころは、身分の差などないようなものであっただろう」

「あ～……。劉銀、よく鈴鈴にぶん殴られてたよな」

「お前にもな」

　気安く話し出す劉銀と祥明。その掛け合いは、本当に遠いあの日々を思い起こさせた。

「……なるほど。分かりました。では、お言葉に甘えて」

鈴苺は立ち上がると、すたすたと劉銀に近寄った。そして彼と向かい合わせになるように茶卓につく。

——そして。

「……ちょっと劉銀！　どういうことなのです⁉　妃の護衛はまあ分かりますけど、なぜ男装なのですか！　納得のいく理由を説明してくださいね！」

茶卓ごしに劉銀に詰め寄りながら、鈴苺は声を荒らげた。

——とにかく、まずはこれを言ってやりたかったのよ！

ずっと抱えていた疑問をぶちまけることができたためか、興奮して呼吸すら荒くなってしまう鈴苺。

肩で息をする鈴苺を、少しの間劉銀は目を見開いて眺めていたが、なぜか抱腹し始めた。

「ははは……。いや、鈴鈴、お前は昔のままだなあ。まったくすれていないようで、俺は安心したぞ」

「何を笑っているんですか⁉　こっちは笑いごとじゃないんですからね！　厠《かわや》や着替えなど、いちいち大変なのですよ！」

「まあまあ、落ち着け。青茶《せいちゃ》が入っている。飲みながら、話をしようじゃないか」

「まったく……」

促され、茶卓に置かれていた茶杯を手に取る。

まだ淹れたてのようで、ほどよい熱さだった。

青々しいが、濃厚で上品な苦み。

普段自分が道場で淹れていた、ただのどを潤すための茶との味の差はもはや歴然だった。

茶杯も虹色の光沢のある螺鈿細工《らでんざいく》が施されており、一目見て最高級品だと判別できる。

茶葉も茶器も、皇帝に献上されたものなのだから、至高の一品なのは当然のことである。

ただの昔馴染みの男が、一国の主であることを改めて思い知らされる。

――やっぱり曲がりなりにもこの人は皇帝なのよね。本当に昔のように振るまって大丈夫なのかな……。でも、本人がそれでいいって言っているし、祥明もそんな感じだし。まあ、いいわよね。

一瞬皇帝の威光に戸惑ったものの、深くは考えないことにする。

「さっきの問いだがな。いろいろ思案した結果、これが一番いい方法だったのだ」

「……私を男装させて林徳妃様の専属の武官にすることがですか？」

「そうだ」

劉銀はこう説明した。

女官の行方不明が立て続けに起こっているため、後宮内の警備を厚くすることにした。

特に、現在もっとも位の高い四夫人には、専属で武官をつけるよう命じた。

だが、専属の武官ともなれば、絶対の信頼がおける人物でなければならない。

女官や衛兵に紛れた間諜《かんちょう》に妃嬪が殺められることは、後宮ではそう珍しいことではないからだ。

林徳妃以外の四夫人は、信頼のおける女官の中に武官がいたり、縁者に腕の立つ者がいたりしたので護衛はすぐに決したが、林徳妃だけはそのつてがなく、なかなか護衛をつけることができなかった。

寵姫である彼女を守れないのはまずい……と、思考を巡らせた結果、劉銀は鈴莓の存在に思い当たったのだ。

鈴莓ならば、劉銀とは旧知の仲で絶大な信頼がある。

後宮内で繰り広げられる権力争いとも、まるで関係がない。武道についての実力も申し分がない。

そして、男装をさせた理由だが、それは女官の行方不明に起因する。

女として後宮入りさせれば、それこそ鈴莓だってかどわかされてしまうかもしれないのだから。

宦官《かんがん》からはひとりも行方をくらませた者がいないことから、「それでは宦官《かんがん》のふりをして男装させて護衛をすればいいではないか」という結論に、劉銀は至ったのだとのこと。

「ええ……。でもひとりくらいはいらっしゃったのではないんですか？　武芸達者な男性や宦官《かんがん》が。だってここは、華国の後宮ですよ？」

腕自慢の猛者たちが、国中から集まる場所である。

「武芸達者な者なら、あまりあるくらいいる。……が、やはり確実に信用できる人物となると、一気に難しくなる。善良そうな顔をして裏切る輩など、ごまんといる場所だ。その点お前には、一切その心配はない」

「うーん……。それは、そうかもしれないですけど……。いや、でもやっぱり男装って。ちょっと、あり得ないと思うんですけど」

「あり得ないなんてことはない。お前は男装してもかわいらしいと俺は信じていた。そして俺の勘は当たっていたようだな」

劉銀はやけに真剣な顔で言うが、なんだか話の筋がずれていると思う。鈴苺は困惑した。

「いえ、そういう問題ではないと思うのですが」

「それに久しぶりにお前にゆっくり会いたかったし……」

きりりとした顔で鈴苺を見つめる劉銀。やっぱり話の方向がおかしい。なぜか祥明が不快そうな面持ちになった。

「はあ……？　まあ私も会いたかったですけど、こんなにまわりくどいことをしなくてもよいでしょう」

「しかし、茶会に招待したくらいでは一日しか一緒に過ごせんではないか。長くともに過ごすには、やはり後宮内の職に就いてもらわねば」

――なんでそんなに私を近くに置いておきたいのだろう。

劉銀が道場を卒業した後は、何の便りもなかったというのに。今になってなぜなのかと、鈴苺は不思議に思う。

しかし、そんなことより。

「会いたかったというお言葉は嬉しいですが……。やはり、男装して宦官《かんがん》になって……というやり方は無茶ですよ」

「まあ、これを思いついた時は若干……いや、かなり、なんておもしろいことを俺は思いついたのだろうと、興奮した」

「……は⁉　一体私をなんだと思っているんですか！」

にやつきながらとんでもないことを言ってのける劉銀に、鈴苺は再度まくし立てる。

しかし彼は、ますます笑みを深くするのだった。

「実際、茶会での立ち合いはおもしろかったしなあ」

今まで、鈴苺と劉銀の会話を眺めていただけの祥明が、口を挟んできた。

「祥明、あなたまで……」

「いやいや、だって光潤って、武官の中じゃ相当強いほうだぞ？　俺だって全然気を抜けない相手なんだけど。ってか、立ち合いで負けたことだってあるし」

「うむ。まさかあんなにあっさりと光潤から一本取ってしまうとはな。予想以上に腕を上げたな、鈴鈴」

「あ、でもあの人もっと強いと思います。私が見るからに弱そうだから、油断していたのではないかと。たぶん、次やったらあんなに簡単には勝てないですよ。それこそ負けるかも」

光潤のことを思い起こしながら鈴苺は言う。

――あの人、私が武官であること自体疑ってかかっているくらいだったもの。そんなんじゃ、私と勝負になるはずないわよね。

そんなことを考えていると、劉銀は鈴苺を見ながら小さく声を出して笑っていた。

何もおもしろいことは言っていないはずなのに一体何なのだと、鈴苺は思わず彼を半眼で見据えてしまう。

しかし劉銀はそんな鈴苺の視線など受け流し、急に涼しい顔になった。

「さて、戯れはここまでだ」

「私は別に戯れたつもりはないんですけど……」

「鈴鈴。お前には、林徳妃の護衛をしつつ、女官の行方不明事件について探ってほしいのだ。もちろん、現在も人手を割いて調査はしているが、なかなか手掛かりが得られなくてな」

「もちろん構いませんが……。私、隠密行動などやったことがないですよ。お役に立てるかどうか」

「四夫人の護衛は、お前が思っている以上にこの後宮の情報を得られる立場にあるのだ。下手をすると侍女よりも彼女らと行動をともにする時間が長いからな。しかし、お前以外の四夫人の護衛は、まだ内密の話をするほど腹の内を知らぬ。だからお前にしか頼めないのだ」

「光潤様も信用のおけない人物なのですか？」

生真面目そうな武官という印象だったけれど。

「あいつは根は真っすぐだが、くそ真面目すぎるのだ。駆け引きが必要な行動には向かない」

「くそ真面目……」

確かに、融通の利かなそうな節はあった気がすると、鈴苺は自分に絡んできた時の彼の様子を思い出す。

「それにあいつは梁貴妃のお抱えだからな。貴妃は素直で愛らしい女だが、あまり賢くない上に、ちょっと性悪なところがある」

「……ちょっとじゃないだろ」

苦笑を浮かべて祥明が横やりを入れるが、劉銀は眉ひとつ動かさずに、こう続けた。

「だから、あまり今回の件に梁貴妃側の人間を関わらせるのは得策ではない」

「なるほど……分かりました。私がやるべきことも、その理由も。ただ、ひとつ伺いたいのですが」

「なんだ」

「行方不明事件の首謀者の目星はついているのですか？」

劉銀は少し間を置いてから、神妙な面持ちで口を開く。

「ついてはいない。……だが、半年で十五名あまりもの行方不明者が出ている。これほど大規模な犯行となると、後宮内で相当な権力がないと不可能だろうな」

「つまり、四夫人の誰かの可能性もある、と」

「……無論だ」

淡々と答えた劉銀だったが、言葉の端に少し淀みがあったように鈴苺は感じた。

四人とも、現在の後宮の中でもっとも彼が寵を注いでいる存在なのだ。容疑者として候補にあげなくてはならないのが、やはり心苦しいのだろう。

「あ、でも。林徳妃様はやっぱ可能性は低いだろ。劉銀もそう思ってるよな?」

祥明の言葉に劉銀は深く頷く。

「林徳妃とは、お前たちよりも俺は付き合いが長いからな。先代の宰相の娘で、俺が物心ついたころにはすでに近しい存在であった。彼女の内面は知り尽くしているつもりだ。まあまず、考えられぬ。……俺の知りうる林徳妃である限り」

付け足すように言った言葉が少し悲しい。

やはり皇帝という存在は、常に誰に対しても警戒心を抱いておかなければならないのだろう。

「とにかく、私のすべきことは理解しました。何か分かり次第、報告します」

「頼んだぞ、鈴鈴。四夫人も他の妃嬪も女官も、俺は皆心配なのだ。一刻も早く、事態を収拾したい」

相変わらず冷涼な声ではあったが、鈴苺を見つめる劉銀の瞳には、切なげな光が内包されているようだった。

――劉銀は本気で後宮の人たちの心配をしているんだわ。

後宮に籍を置いている女たちの総数は、下手をすると千はくだらない。

位の高い妃嬪ならまだしも、正六品《しょうろっぽん》以下の女官など、皇帝にとってはただの下働きであるはず。

しかし劉銀の双眸《そうぼう》からは、鬼気迫る気配が放たれていた。彼は後宮のすべてを、心から平穏に、安全にしたいのだろう。

――あなたは昔から、優しかったものね。

粗相をして父に怒られた時に、祥明とともによく元気づけてくれた。鈴苺が怪我をしていることに気づくと、真っ先に手当てをしてくれた。そんな少年のころの劉銀の温和な微笑みが甦る。

「はい。私にできることならば」

最高権力者の地位に上り詰めながらも、昔と変わらぬ情を持っている劉銀を、鈴苺は心から嬉しく思いながら、首肯した。

第三章　凛々しき白賢妃

あくる日。

林徳妃の朝の御仕度や朝餉《あさげ》が済み、一段落した頃合いを見て、鈴苺は林徳妃に女官の行方不明事件について尋ねてみることにした。

昨日聞きたかったが、茶会の後も徳妃は予定が立てこんでいて、今日にずれ込んでしまったのだった。

「ああ、陛下からお聞きしているわ。私の護衛をしながら、鈴鈴は事件の調査をするのよね」

徳妃専用の宮である夏蓮宮内の茶室で、椅子に身を委ねてくつろいでいる様子の林徳妃。その傍らに立つ桜雪は、茶器で月季茶のお代わりを注いでいる。

現在の茶室には、林徳妃、桜雪、鈴苺の三名のみしかいない。真の鈴苺について知っている面子。

心置きなく内密の話ができる状況だった。

「さようでございます、娘々。劉ぎ……陛下には、事件のあらましについては教えていただきましたが、徳妃様からも念のためお伺いしたく」

「うーん、そうねぇ。陛下と同じようなことしか、私も言えないとは思うけど……」

そう言いつつ、林徳妃は知っていることを詳細に話してくれた。

行方不明事件が頻発し出したのは、半年くらい前から。

それ以前から脱走と思われる女官の失踪は時々あったため、皆最初は深く気にしていなかったが、あまりにも頻度が高かったので、誰かが女を誘拐しているのだろうと朝議の場で決した。

いなくなるのは、正六品《しょうろっぽん》以下の女官のみ。

妃嬪や、宦官《かんがん》も後宮には大勢いるが、彼らの中からはひとりも不明者は出ていないとのことだ。

――うーん。劉銀から得た情報以上のことは、ないわね。

少しでも手掛かりが欲しい鈴苺は、桜雪にも尋ねてみることにした。

「桜雪は、何かご存知なことはないですか？」

「私も、徳妃様と同じことしか知らないわね。ついこの前、私の知っている女官がいなくなって、とても心配しているのだけど……」

「その方はどんな方です？」

「後宮入りしたばかりの子でね。まだ十五歳だったかしら。洗濯女をしていたはずよ」

「十五歳ですか……」

自分よりも若い乙女の安否を思い、鈴苺は暗澹《あんたん》たる気持ちになった。林徳妃も、顔を曇らせている。

「あら、まだ若いのに……。その子が生きているといいけれど。そういえば、先月いなくなった子たちも若い子たちだったわよね」

「あ、そうでしたね……。って、よく考えたら行方不明になっているのは今のところ若い女官だけではないですか？　私の知る限りですが」

「言われてみればそうね。みんな十代じゃない？」

失踪した女官たちを思い浮かべている間に、林徳妃と桜雪は思い当たったらしかった。

姿を消した女が、皆うら若き乙女であることに。

女官には幅広い年齢の者がいる。

奉公に出されたばかりの十代の少女から、先々代から後宮に身を置いている六十代の老女まで、満遍ない年齢の女たちが分布しているはずだ。

しかし行方不明になっているのは、林徳妃と桜雪の知る限りではあるが、皆十代の少女たち。

「これは……偶然ではなさそうですね」

鈴苺が神妙な口調で言うと、林徳妃は頷いた。

「そうね。誰かが若い女をさらって囲っているのかしら？」

「しかし娘々。女を侍らすことが目的ならば、後宮での人さらいは危険が大きいのでは。下町の身分の低い女をかどわかすほうが、やりやすいでしょう」

若い女が欲しい、という目的だけならば、奴婢《ぬひ》の女でもさらえばいいのだ。奴隷が姿を消したところで、気に留める人間はいないのだから。

「それもそうね……」

一同は考えこんでしまった。

皇帝の権威の象徴でもある後宮から、女官を誘拐するなど危険極まりない。捕らえられれば、極刑になる可能性が高い。

「犯人の目的は一体何なのかしらねえ。見当もつかないわ。でも、みんな行方が分からないっていうだけで、死体は発見されていないから、どこかで生きていてほしいわ」

「ええ、そうですね。皆無事だといいのですが……」

林徳妃と桜雪の会話に、鈴苺も「ええ」と頷いた。

行方不明になった人数は半年で十五名ほどだが、それで死体が一体も見つかっていないのならば、女たちが生存している可能性は極めて高いだろう。

——若い乙女を生け捕りにして、何をしようとしているの？

鈴苺が思案していると、林徳妃が嘆息混じりにこう言った。

「まあ、これだけの人数の女官がいなくなっているんだもの。後宮内で権力のある者が関わっているに違いないわ」

それは劉銀も言っていたことだ。

そして、現在の後宮でもっとも権力のある者といえば——

「順当に考えれば四夫人の誰か……。まあ、私も容疑者のひとりってことになるわね」

自嘲する林徳妃。そんな彼女を全否定するかのように、鈴苺は勢いよく頭を振った。

「陛下と娘々は、幼いころから心を通わせている仲だとおうかがいしました。陛下は、徳妃様はまず違うと、昨日おっしゃっておりましたよ」

はっきりと、林徳妃の大きな双眸《そうぼう》を見つめながら鈴苺はそう告げた。

幼いころから誼《よしみ》があるからという感情論ももちろんあるだろうけれど、あの聡明な劉銀が「まあまず考えられぬ」と断言したのだ。

——うん。この方はきっと違うわ。

それは、林徳妃の振る舞いを見た鈴苺の直感だった。自分の勘は昔からやたらと当たる。

劉銀の言葉と自身の本能が合致しているのだ。やはり、林徳妃は事件には関わっていないだろう。

「あらー、陛下ったらそんなことをおっしゃっていたの？　ふふ、嬉しいわ～」

主上から信頼を得ていることが喜ばしかったのか、頬を緩める林徳妃。

「ええ。はっきりと」

「ふふふ、今度会ったら飛びついちゃおっかな」

「娘々、陛下にあまり激しいことはなさらぬよう……」

「何よー、いいじゃないの！　愛情表現ははっきりとしてるほうが！」

咎める桜雪に向かって、林徳妃はこれ見よがしに口を尖らせた。

行方不明事件を話題にしていた時は、理路整然とした受け答えをしていた彼女が、劉銀の話になると途端に乙女になる。鈴苺はとても微笑ましく思った。

その後、三人は他の四夫人についてあれこれ話した。

梁貴妃はいつも絡んでくるけれど小心者で大それたことはできなそう。

白賢妃はとても聡明で気高い人柄なので、悪事に手を染めるとは考えづらい。

そうなると何を考えているかよく分からない姚淑妃が怪しいが、そもそも何のために女官をさらうのかと考えると、三人とも動機が見当たらない。

そうなると四夫人以外の誰かの犯行も考えられるが、やはりそんなことをしそうな人物はいない――

といった感じで、犯人予想が平行線になったころ。

「あ、そうだわ。娘々、護衛がついたことで庭園の散策が可能になりましたの。鈴鈴を随行させれば、事前の許可はいらないそうです」

「え⁉　そうなの⁉」

瞳を輝かせる林徳妃。

ふたりの会話から察すると、どうやら今までは専属の武官をつけていなかったため、林徳妃は夏蓮宮の外にあまり自由には出られなかったらしい。

鈴苺がいるならば安全だ、と劉銀が判断したのだろう。

というわけで、早速一同は夏蓮宮近くの庭園へと、菓子と茶を持って足を運んだ。

後宮内にはいくつも庭園があるが、ここは百合の花が咲き乱れる百合園だった。

まだ蕾の状態の花株も多い。

林徳妃の話によると、もうじき満開となり、その際には女人しか参加できない祭りである百合節がこの場所で開催されるとのことだった。

庭園には四阿《あずまや》がいくつか設置してあり、すでに他の妃や女官たちが百合に囲まれて談笑していた。

空いている四阿《あずまや》を探そうと、鈴苺が辺りを見渡すと。

「あ！　鈴鈴様よ！」

「あれが噂の⁉　あらー、なんてかわいらしい……」

「背は低いけれど、麗しい顔をしているわよね。刀を振るっている時は、本当に凛々しくて……！」

「えー、私も見たかったー！」

そんなざわめきがあちこちから聞こえてきた。

当の本人にも丸聞こえなのだが、まったく気を遣う様子もなく大きな声で話す女官たちに、鈴苺は戸惑ってしまう。

さらに、女官だけではなく、正二品《しょうにほん》や正三品《しょうさんぼん》の妃まで会話に入っている気がする。

「あらあら。まあ、こんなことになるんじゃないかって、あなたの姿を見た時から思っていたけれど」

徳妃がどこか楽し気に言う。

「ど、どういうことでしょうか……？」

「だってそりゃ、人気だって出るわよ。かわいい顔した美少年が、自分よりも二回りくらい大きい武官をあっさりやっつけちゃうなんて。今までは、武官の人気は光潤と祥明が二分していたけれど……。鈴鈴は第三勢力になるんじゃないかしら？」

「え、ええ？」

「娘々！　聞き捨てなりませんわ。鈴鈴は確かに愛らしいお顔をしておりますが、男性としての雄々しい魅力は光潤様の足元にも及びませんわ！」

林徳妃の言葉に戸惑う鈴苺と、不満そうに自分の思いの丈をぶつける桜雪。

――そ、そういえば桜雪は光潤様に想いを寄せているのだったわね……。っていうか、男性としての雄々しい魅力って。私にはそんなものあっても困るんだけれど。

そもそも自分は女なのだから。

「し、しかし案外後宮内の女性たちは自由なのですね。後宮入りしたからには、身も心も陛下にお預けするものだとばかり」

正五品《しょうごほん》以上の妃嬪と呼ばれる女性はれっきとした皇帝の妃だし、正六品《しょうろっぽん》以下の女官だって、皇帝の目に止まればお手付きになることがある。

身分の低い女官が身ごもり、位の高い妃へと上り詰めた例も、過去には存在する。

とは言っても、女官が皇帝に見初められることは稀だ。

お手付きにならなかった女官は、外部の男性と結婚して後宮を出ることも認められている。

だが、後宮にいる女は皇帝の持ちものという認識が鈴苺にはあった。

光潤に対する桜雪の熱視線を見た時も感じたのだが、他の男性（鈴苺は女だが）に堂々と熱をあげてもいいのだろうか、と鈴苺は思ったのだった。

　すると林徳妃はくすりと笑ってこう言った。

「それとこれとは別なのよー。もちろん皆陛下を一番にお慕いしているし、不義理を起こすことはないわ。でも、かっこいい武官や宦官《かんがん》にキャーキャー言って発散くらいしたいじゃない？　例えるなら、舞台の演者を応援するような感覚よ。陛下も別に気にしてないみたいだし」

「はあ、そういうものなのですか」

　分かったような分からないような。

　しかし、一度後宮入りすれば、滅多なことでは女たちは外には出られない。これで溜まった鬱憤を発散できるのなら、安いものなのかもしれない。

　――まあ、私は恋愛ごとにはあまり興味がないから、関係のない話だけど。

　などと考えながら、桜雪とともに空いていた四阿《あずまや》で茶菓子の準備をし、林徳妃を席に着かせる。

　そして、桜雪が「ちょっと厠《かわや》へ行ってまいります」と席を外した後のこと。

　ある妃が脇を通りかかった。

「あら、梁貴妃様。ご機嫌よう」

　小さく切った金色蛋糕《カステラ》を肉叉《にくさ》で食べながら、林徳妃が鷹揚に言った。

ちょうど庭園にやってきたらしい梁貴妃は、あからさまに苦虫を噛みつぶしたかのような顔をし、「げ、なんでこいつが」と口をもごもごさせていた。

つい出てしまった言葉だったようだが、こちらまで聞こえている。

彼女の背後には、数名の女官と護衛の光潤が控えていた。

「……ご機嫌よう、林徳妃様。あら、いいもの食べているわねぇ」

「ええ、最近正二品《しょうにほん》の妃嬪から献上されたお菓子よ。よかったら梁貴妃様もお召し上がりになる？」

「遠慮しておくわ。私、糖分は控えているの。陛下は私の華奢な体がお好きみたいでね。誰かさんみたいに、肉付きよくなりたくないものね～」

席に座る林徳妃の全身を一瞥し、鼻にかかった声で言う。

――別に徳妃様は太っていないけれど。

しかし、どうしても豊満な胸の部分が出っ張ってしまうため、服装によっては体格がよく見えてしまう。

そんな林徳妃に対して、梁貴妃は童女のように華奢で折れそうな体をしている。

梁貴妃の嫌味に、もちろん林徳妃は動じた様子はない。

変わらずに悠然と微笑みながら、小首を傾げる。

「あら、そう？　でも、もう少しお太りになったほうがよろしいのでは？　あなた、豊胸効果のある漢方を医官にお願いしていたらしいじゃない。やっぱり多少の肉がないと、薬を飲んでも大きくならないと思うのよ」

「……!? な、なんでそれを知ってるのよっ!?」

顔を真っ赤にし、狼狽する梁貴妃。

知られたくないことならばすっとぼければいいのに、思わず認めてしまうところが、劉銀に「あまり賢くない」と言われてしまう彼女らしい。

「医官が『古今東西の豊胸効果のある漢方を集めろだなんて、梁貴妃様も無茶を言う』って愚痴ってたのよ。それにあなた、私や白賢妃様の胸を見てよくため息をついているもの。あなたがその小さな胸に悩んでいることくらい、後宮中の皆が知ってるわよ」

「はあ!? べ、別にため息なんてついてないし！　あの医官……！　ただじゃおかないわよっ！」

「医官に文句を言ったらもうお薬融通してもらえないかもしれないわよ～」

「そ、それはっ！」

なんていうふたりのやり取りを、苦笑を浮かべながら眺めていた鈴苺だったが、視線を感じた。

目を向けてみると、光潤だった。

眉間に皺を寄せ、複雑そうに鈴苺を眺めている。昨日、皆の前で鈴苺にしてやられたから、気まずいのだろうか。

「あ……。昨日はどうも」

目が合ってしまったので、鈴苺はぺこりと頭を下げながら無難に挨拶をする。すると光潤は歩み寄ってきた。

鈴苺の傍らに立った光潤は、頭二つ分は背が高かった。

長身痩躯だが、甲冑から生えた腕は筋張っており、日々の鍛錬が見て取れる。全身から醸し出される尖鋭な気配からも、武芸者として相当の実力を備えていることを、改めて鈴苺は感じ取った。

光潤は鈴苺に小さく頭を下げる。

「えーと、鈴翔といったか。……昨日は申し訳なかった」

「えっ」

謝られる理由が分からず、鈴苺は戸惑った。光潤は、少し屈んで鈴苺と視線の高さを合わせながら、さらにこう続けた。

「外見で実力を判断することなど、あってはならないことだ。小柄な猛者など戦場にはたくさん存在するというのに。未熟な精神を宿していたことが、俺の敗因だ」

「いえ、そんな。見るからに弱そうですし、私……」

「弱卒に見える、というのは戦場では立派なひとつの武器だ。俺のように油断してかかる者を、そなたなら一瞬で捕らえられるだろう。……だが、本来の俺ならばあのような負け方はしない。今となってはただの負け惜しみだがな。次は――」

「次⁉」

ふんふんなるほどとそれまで頷きながら光潤の言葉を聞いていた鈴苺だったが、「次」と彼が言った瞬間、ぴくりと反応してしまう。

「な、何か？」

「『次』ってことは、また手合わせしていただけるんですか⁉」

瞳に熱を込めて、光潤を見つめて声を弾ませる。

根っからの武芸者である鈴苺は、刀を振るうことが生きがいなのだ。

女官や妃嬪たちが美男に歓声をあげることに楽しみを見出すのと同様で、鈴苺は愛刀をぶん回すことで精神の衛生が保たれる。

道場では、毎日数時間も稽古に励んでいたというのに、後宮入りした昨日から抜刀すらしていない。

光潤との立ち合いも瞬時に終わってしまったし。

煌めいた双眸《そうぼう》で自身を見つめてくる鈴苺に、光潤は戸惑った面持ちになった。

「えっ……。ま、まあ、そなたがよろしければ、俺はいつでも……」

「やったー！　ぜひ！　ぜひに！　機会があればよろしくお願いいたします！　あ、なんなら今から一戦どうです⁉　ここ結構広いですし！」

「い、いや。さすがにそれは……」

鼻息荒く戦いに誘う鈴苺に、光潤がたじたじになっていると。

「光潤！　何してるのよっ！　もう戻るわよっ！　……もう、徳妃の馬鹿ぁ！」

涙目になった梁貴妃が光潤を呼ぶ声がした。

性懲りもなく自分から吹っ掛けたくせに、林徳妃に言いこめられてしまったようだ。来たばかりだというのに、すごすごと退散するらしい。

ちなみに林徳妃はというと、先ほどとなんら変わらない穏やかな笑みを浮かべている。なかなか図太い神経をしている。

「御意。……と、いうわけですまないが。俺は宮に戻らなければならなくなってしまった」

「そうみたいですね。梁貴妃様の命なら仕方ないです。……残念です」

すでに、戦闘体勢に入りかけていた鈴苺は、意気消沈して切ない声を漏らした。

しかし、近いうちに一戦できるわよね、と思い直すと、光潤ににこりと微笑む。

「だけど、あなたとても強そうなので！　次回が楽しみです！」

槍を握っていないほうの光潤の手を取り、勢いよく鈴苺は言った。

すると光潤はぎこちなく表情を固まらせた後、頬を赤く染めた。そしてそれを誤魔化すように、鈴苺から顔を背ける。

「じ、次回！　機会があればなっ！」

「はい、よろしくお願いします！」

満面の笑みを浮かべる鈴苺を振り切るように、光潤は梁貴妃の後を追いかけていった。

「……鈴鈴って天然のたらしなのね」

あやしい目つきで鈴苺を見据えながら、林徳妃がどこかおもしろがっているように言った。

意味が分からず、鈴苺は首を捻る。

「え、どういうことですか？」

「まあ、桜雪に知られると面倒だし。見なかったことにしておくわ」

「……？」

ますます意味が分からなかったが、ちょうど席を外していた桜雪が戻ってきた。

なぜか、桜雪に知られては面倒だと林徳妃が言っていたので、鈴苺は一応その疑問を流すことにする。

一方、貴妃専用の宮である春桜宮《しゅんおうきゅう》に戻ろうとしている梁貴妃に随行している光潤はというと。

――俺はおかしくなってしまったのか？

槍を抱えながら、そんな自問自答を脳内で繰り広げていた。

――いくら女みたいな外見をしていても、相手は宦官《かんがん》だぞ。しかも、油断したとはいえ、俺が敗北した相手ではないか。あり得ない、あり得ないだろう。……しかし、さっきは。

鈴苺が自分の手を握り、活き活きとした光を宿した双眸《そうぼう》を向けた瞬間。光潤の心臓は、いまだかつてない鼓動を響かせたのだ。

――自分では気づいていなかったが、俺にはそういう嗜好があったのか……？　いやいや、違う。今まで俺が好意を持った相手はすべて女人だったではないか。あり得ん。何かの間違いだ。だが、しかし……

などと、春桜宮に到着するまで――いや、到着した後もずっと、光潤は悶々と胸中で悩み悶えたのだった。

そんな光潤の胸の内など当然つゆ知らず、鈴苺は林徳妃と桜雪とともに、しばらく百合を眺めてくつろいだ後、夏蓮宮に戻ることにした。

林徳妃たちと百合園から夏蓮宮に戻る途中、ある場所で鈴苺は思わず足を止めた。

「鈴鈴、どうしたの？」

「娘々、申し訳ありません。どなたかいらっしゃったもので」

そこは、後宮内の鍛錬場だった。

宮女の中で武術の心得がある者や、鈴苺や光潤など妃嬪の護衛として仕えている者が主に使用する、石畳が広がる空間だった。

百合園に向かう際は誰もいなかったのだが、現在は石畳の中央で誰かが鍛錬に励んでいる。

瑠璃紺色の槍纓《そうえい》のついた、長い棍《こん》をひとり振り回していたのは女性だった。

その姿に見覚えがあった上に、とても意外な人物だったので鈴苺は目を見開く。

「白賢妃様、ですよね……？」

空に向かって棍《こん》を振り下ろす女性を注視しながら問うと、林徳妃は頷きながらこう答えた。

「ええ、そうよ。あの方は武家の出身で、幼少のころから武道の鍛錬を積んでいたそうなの。あんな風におひとりで棍《こん》を振っている姿を、よく見かけるわ」

「私も、朝餉《あさげ》の後に毎日のようにお姿を見ます」

桜雪も、白賢妃を惚れ惚れするように眺めながら言った。

「そうなのですか。……いや、しかしながら。あの棍《こん》さばき、白賢妃様は相当な手練れでございますね」

「そうなの？　武術のことは私にはよく分からないけれど……。でも、凛々しい白賢妃様のあのお姿は、確かに見惚れてしまうわね～」

目を細め、うっとりするような面持ちになって白賢妃を見据える林徳妃。

自身の身長ほどはありそうな細長い棍《こん》は、それだけでかなりの重量があるはずだ。ほとんどの女性は、両手で持つのがやっとだろう。

しかし白賢妃は、それを片手で軽々と振り回し、虚空を切り裂いている。大きく振り下ろす時は、空を切る音すら響いてきた。

──賢妃ともあろうお方をこんな風に評すのは失礼かもしれないけれど……。武官にしても申し分のない身のこなしだわ。

武術家としての血が騒いでしまった鈴苺は、そんなことを思いながらつい白賢妃の動作を目で追ってしまう。

「む、そこにいらっしゃるのは林徳妃様ではないか」

三人で眺めていたものだから、棍《こん》に集中していた白賢妃も、さすがにこちらの視線に気づいたようだった。

棍《こん》を片手で持って歩み寄ってきた。

「申し訳ありません、お邪魔してしまったかしら」

鍛錬を中断させてしまったことを申し訳なく思ったらしい林徳妃が頭を下げたので、桜雪と鈴苺も彼女に倣う。

しかし白賢妃は爽やかな笑みを浮かべる。汗ばんだ頬にへばりつく耳下の後れ毛が、健康的かつ、妖艶だった。

「構わぬ。そろそろ終いにしようと思っていたところだった」

「お気遣いありがとうございます。それにしても、白賢妃様が棍《こん》を操る姿は、毎回惚れ惚れしてしまいますわ」

「なに、私はたいした使い手ではない。ここでは稽古をつけてくれる相手もいないしな。身体がなまらないように、振り回しているだけだ」

「そんなことはございません！　白賢妃様！」

鈴苺は思わず身を乗り出して言った。

「ちょ、ちょっと鈴鈴！」と桜雪がたしなめるが、鈴苺の耳には届いていない。

白賢妃は「ん？」と怪訝そうな顔をする。

「そなたは……。徳妃様の護衛の……確か、鈴鈴と呼ばれていたか」

「私のことなどお気になさらず！　白賢妃様、私は棍《こん》の心得はまるでございませんが、それでも武を極めようとしている者として、一見して分かります。白賢妃様がたいした使い手ではないなんて、あり得ません。白賢妃様のように鋭く武器を振るえる武官は、広い華王宮の中でもそうそういないでしょう。……あなた様の華麗な棍《こん》さばき、美しすぎて永遠に拝見していたいと思ったほどです！」

鼻息荒く、白賢妃の腕がいかに素晴らしいかを饒舌に語った鈴苺。

当の白賢妃はしばらくの間、目をぱちくりとさせていたが、鈴苺の言葉が終わってややあってから、上品な笑い声を漏らした。

「ははは。茶会の時も思ったが、そなたはおもしろいな。少年のような出で立ちで、長身の光潤に一瞬で勝利した姿は、とても鮮やかであった」

「私めにはもったいないお言葉でございます……！　いや、しかし本当に、しなやかな白賢妃様の動きは、いい刺激になりました。武官として、ますますの精進を心がけようと思います」

「いやいや、そなたも細い曲刀で光潤の槍を、見事に一発で弾いていたではないか。類まれな敏捷さ、私は目を疑ったぞ。あまりにも早すぎる決着だったので、もう少し見ていたかった」

「今度、また光潤様と立ち合いをする予定です。白賢妃様も、お時間があればぜひご覧ください」

「ほう、それは楽しみだ」

一方は皇帝の愛妃。

もう一方は、男性に扮した武官。

身分も、表向きの性別も異なるというのに、おもしろいくらいに話が弾む。

鈴苺は心から楽しい気分になった。

白賢妃も、機嫌よさそうに言葉を返してくれる。

茶会で初めて白賢妃を見た際には、彼女の年齢は三十歳を少し過ぎるくらいと鈴苺は推測し、後で林徳妃に聞かされた実年齢と合致していた。

しかし今日の白賢妃の、美しく汗を垂らす張りのある頬は、実年齢よりも随分若々しく見えた。

きっと、鍛錬に励み全身に血を巡らせているから、普段よりもより美しく見えるのだろうと鈴苺は思った。

「娘々、そろそろお時間です」

今まで鍛錬場の外に佇んでいた女官と、専属の護衛らしき宦官《かんがん》が、白賢妃のほうに歩み寄ってきた。

白賢妃は渋い顔をする。

「む……そうか。鈴鈴殿、所用があるので私はお暇する」

「承知いたしました」

「もう少しそなたと話をしたかったが……。またの機会に」

「はい、私めなどでよければ喜んで！」

「ふっ。……林徳妃様、今度また茶会でも」

「はい、もちろんですわ」

「では、私は失礼する」

ばさりと襦裙《じゅくん》を翻し、女官と武官を従えながら歩む白賢妃。

背筋は木の幹のように真っすぐに伸びており、気品ある堂々たる足取りだった。

「ああ……白賢妃様。下手な男子より、凛々しいわよねぇ〜」

両の手を頬に当て、間延びした声で桜雪は言った。

思えば、鈴苺が白賢妃と会話している間、桜雪は終始うっとりとした面持ちになっていた気がする。

そんな桜雪を、林徳妃はからかうように小突いた。

「あら桜雪。あんたは光潤一筋じゃなかったの〜？」

「それとこれとは別なのです！　光潤様とは夫婦になりたいと思っておりますが、白賢妃様の美麗さは遠くから眺めているだけで胸が満たされるのですわ！」

「光潤とは夫婦になりたいんだ……。あんた、そこまで」

桜雪の力強い主張が想像以上だったらしく、林徳妃は呆れたように言った。

鈴苺も苦笑いする。

「まあ、それにしてもよかったわ。白賢妃様、前よりも元気になったみたいで」

鍛錬場から、自分の宮である冬梅宮《とうばいきゅう》に向かって歩く、白賢妃の背中を目を細めて見ながら林徳妃がしみじみと言う。

「え、今日の白賢妃様はとても生気に満ち溢れている様子でしたが……。以前は違ったのですか？」

「そうなのよ。実は、半年くらい前に身ごもっていた陛下の子が流れてしまってね。あの時は見るからに消沈なさっていたわ」

「ご懐妊された時は大層喜んでいらっしゃいましたものね……」

鈴苺が尋ねると、林徳妃と桜雪のふたりは切なげな面持ちで答えた。

「そうだったのですか……。それはお辛かったでしょうね」

「劉銀様が即位されてから、四夫人の中でのご懐妊は白賢妃様が初めてだったの。流産が分かった時は、後宮中が暗い雰囲気になったわよね。……喜んでいる人もいたようだけど」

「……喜ぶ？　なぜです？」

「そりゃ、無事にご出産なさっていたら、白賢妃様はきっと皇后になれたもの。それをおもしろく思わない人間なんて、ここにはごまんといるわよ」

寂しげな林徳妃の言葉。

確かに、皇后不在の現在の後宮で、もっとも位の高い四夫人の中で御子を授かった者がいれば、立后できてもおかしくはない。

そして、白賢妃以外の四夫人を慕っている者の中には、彼女が死産したことに喜びを感じる陰湿な者がいることも。

――言われてみればその通りだわ。でも、子が亡くなったことを喜ぶなんて。

後宮は女たちの陰謀、妬《そね》み嫉みが渦巻く場所。分かってはいるつもりだったが、改めて鈴苺はこの場所のどす黒さを感じた。

だが、それにしても。

「林徳妃様は、皇后になりたくはないのですか？」

不思議に思ったので鈴苺は尋ねた。

白賢妃と同じ四夫人である林徳妃だって、きっかけさえあれば皇后を狙える立場だ。市井でも、皇后の最有力候補として彼女の名が挙がっていた。

もちろん林徳妃が人の流産を喜ぶような人間ではないと鈴苺は思っている。今だって、白賢妃のことを心から案じているように見えた。

しかしながら、もし林徳妃が立后を考えているのだとしたら、白賢妃の流産に関して、後ろ暗さを覚えつつも安堵してしまうのではないだろうか。

「私？　あー、私は全然。皇后なんかになったら、日々しがらみが多くて大変そうだし。それこそ陰謀に巻きこまれそうだし？」

笑いながら軽い口調で林徳妃は言う。自分が皇后なんてちゃんちゃらおかしいわ、とその表情が物語っていた。

「でも、娘々が皇后になられたら、林家は潤うのでは？　ご家族やご親族は望んでいらっしゃるんじゃないですか？」

「うーん、たぶんあんまり……。ていうか、そもそも私の家って、元々四夫人になれるような家柄ではないのよ。私が陛下の幼馴染だから運よく祭り上げられただけで。そのおかげで、もうすでにうちの家系じゃ信じられないほどの富を得ているみたいよ。うちの血筋の人たちってあんまりガツガツしてないから、今で十分って思っているんじゃないかしら」

桜雪の問いに、やはり軽く笑ったまま林徳妃は答える。どうやら、本当に立后争いに加わるつもりはないらしい。

「それにね、陛下は幼いころからお慕いしている女性がいるらしいのよ」

「えっ、そうなのですか⁉　初耳です！」

桜雪は驚きの声を上げた後、瞳を輝かせた。皇帝の色恋話など、女性の好物でしかないだろう。

「そうなのよ。前に陛下も交えた酒宴の時に、陛下と四夫人それぞれの初恋の話になったのよね。私たちは、身も心も陛下のものなのでそんな殿方はおりませんって最初は言っていたんだけど……。陛下が『四人が現在は俺を慕ってくれていることは十分分かっているが、今夜は無礼講だ。初々しい恋の話を酒の肴にしようではないか。俺も話そう』って言うものだから、みんな素直に話し始めてね」

「それでそれで⁉　陛下の初恋って⁉」

鼻息を荒くして桜雪が尋ねると、林徳妃は少し遠い目をしてこう答えた。

「あんまり詳しくは話してくれなかったけれど。とても元気で勝気だけど、優しくてかわいい年下の女の子だって」

「へえー勝気ですかー。陛下って気の強い女性が好きなんですかねー。確かに四夫人の皆様も我が強めですよね。四人とも、謎の威圧感があるし」

納得した面持ちで桜雪が言うと、林徳妃は大袈裟に眉をひそめた。

「ちょっと桜雪。それどういう意味よ」

「ふふっ。そういうところですよ」

「……なるほど。そうかもね。あはは」

笑い合う林徳妃と桜雪の姿に、身分を超えた友情を感じる。

劉銀の初恋の相手については鈴苺も興味深かったが、ひとつ疑問に思った。

「その初恋の女性ですが、後宮にいらっしゃらないのですか?」

「そうみたいね。もう何年も会ってないとあの時はおっしゃっていたから。今でも毎日のように思い出すとは話していたけどね」

「陛下の立場なら、どんな女性でも命じれば妃にできるはずですよね……? なぜその女性を後宮に呼び寄せないのでしょうか」

そんなに深い好意があるのならば、皇帝権限で後宮の妃にしてしまえばいいのに。

すると林徳妃は首を傾げた。

「深く考えていなかったけれど、そういえばなんでかしら……? 何か事情がありそうね」

「えー、気になりますね。他にその女性の情報はないんですか?」

興味津々な桜雪がさらに追及すると、林徳妃は困ったように笑う。

「私もここまでしか聞いてないのよ。……でも陛下のあの感じは、いまだに相当彼女を引きずっている感じがしたわ。女の勘だけど」

「では陛下は、その女性を皇后にしたいとお考えなのでしょうか?」

鈴苺の問いに、林徳妃は頷く。

「それも私の勘なんだけど、そんな気がしたのよね。……もちろん陛下は私のことも、他の妃のことも大切にしてくれているし、心から愛してくれているのは分かる。でも時々、私ではない誰かというか、決して手に入らない誰かを渇望しているような、遠い瞳をしていることがあるの」

何気ない口調で放たれた林徳妃の言葉だったが、瞳には切ない光が湛えられていた。

後宮は皇帝ひとりのために作られた女の園。一度足を踏み入れた妃は、生涯皇帝のみを想うが、皇帝はたくさんの女に愛を振りまかなければならない。

一途な妃の想いがないがしろにされる出来事なんて、日常茶飯事。いちいち憤ったり悲しんだりしては身が持たないし、それが許される立場でもない。

昨日別の女を抱いた皇帝を、妃は喜んで受け入れなければならない。そしてそれを喜びに感じなければならない。不満など抱いてはならない。

林徳妃を始めとした妃の心情を考えると、とても歯がゆい気持ちにさせられてしまう。

さらに劉銀には、長年想いを寄せていて、ひょっとしたら皇后にしたいとまで考えている女性がいるかもしれない。

林徳妃は、皇后になることには興味がないと先ほど言っていたが、ひょっとしたら劉銀の心の中心にいる初恋の女性に、敗北感を抱いているのかもしれない。

そしてそんな林徳妃の複雑な心境を想像した鈴苺は、改めて自分は女として後宮に入れるような性分ではないと、深く感じたのだった。

「ええー！　では娘々が皇后になることはあり得ないってことですか？」

口を尖らせる桜雪。

主を心から慕っている桜雪からしてみれば、不満に思うのも無理はない。

すると林徳妃は、くすりと笑った。

「馬鹿ねー。陛下に初恋の人がいるっていうのは本当だけど、いまだにその人を想っているかもとか、その人を皇后にするつもりかもっていう話は、私の勘だって言ったじゃない。それに私は、別に皇后になんかならなくっていいのよ」

「私は娘々が皇后になられたら嬉しいですけど……」

「ありがとう桜雪。うん、でもごめん、やっぱり私には荷が重いわー。今みたいに、昼間はあんたと茶菓子を食べながら楽しく談笑して、時々陛下が私のお相手をしてくれるのが、ちょうどいいのよ」

「娘々……。皇后だろうと四夫人だろうと私は一生ついていきますからね！　あ！　でも光潤様と結ばれたら後宮を出ますので残念ながらお別れです！」

「何よ〜、この流れであんたは男を取るっていうの〜？」

くすくすと笑いながら、仲睦まじい会話をするふたり。鈴苺は微笑ましい気持ちになる。

劉銀の初恋話も気になったが、半年前に白賢妃の身に起こった出来事も、同じくらい印象深かった。

流産による白賢妃の悲哀を想像した後、先ほどの彼女の溌剌《はつらつ》とした様子を鈴苺は思い出す。

──お子を失った悲しみは、時が解決してくれたのかな。

華麗な棍《こん》さばきを披露した白賢妃の姿に、鈴苺は心からよかったと思ったのだった。


次の日の朝のこと。

林徳妃が朝の支度をしている最中、鈴苺は後宮内を散策していた。

衣裳係、化粧係など、林徳妃の支度は何人もの女官によって行われるが、彼女は気の置けない仲の女しか手元に置かないため、支度の時間はもっとも安全だという。

また、仕上げるには時間を要するため、護衛の鈴苺が林徳妃を離れて自由に後宮をうろつけるのは、この時間くらいだった。

──後宮内の地理を、きちんと把握しておかないと。

一応、見取り図はもらっているから大体の配置は頭に入っている。

しかし実際に歩いてみると、意外に遠かったり広かったりするものだった。

洗い場では、洗濯女たちが並んで布をこすり洗いしていた。

近くの厨《くりや》からは、朝餉《あさげ》の残り香が漂ってきた。

後宮の朝、女たちは皆忙しそうだ。

そんな光景をなんとなく眺めながら歩き回っていると、桃園にたどり着いた。

今が咲ごろの桃の花から、甘い香りが漂ってくる。

近くに薔薇園や百合園もあり、後宮に閉じこめられる女たちは、この花々に癒やされているのだろうなと鈴苺はふと思った。

――そういえば、この場所でもうすぐ桃花祭があるって林徳妃様が言っていたっけ。

春の訪れを祝う祭りらしいが、祭事の時は皆が浮足立つので、そういう時こそ武官としては緊張の糸を張り巡らさなければならない。

もしもの時に後れを取らないように、鈴苺は桃園内の造りについて把握しておこうと、園内を歩き回ることにした。

――この石畳の広がる場所で、祭りが行われるのかしら。あっちの蔵には何が置かれているのだろう？　それにしても、咲き乱れた桃の花がとてもきれいだわ。

そんなことを考えながら、歩き回っていると。

「……う」

そんな声が聞こえた気がして、鈴苺はぴたりと足を止めた。

耳をそばだてたが、それ以上は何も聞こえない。

――だけど、確かに聞こえたわ。女性のか細い声だった。

あまり状態がよくないような声音だった。

ひょっとすると行き倒れかもしれない。誰かに襲われて倒れていることだってあり得る。

さまざまな可能性を考え、鈴苺は気配を殺して声の主を探すことにした。

桃の木の下の茂みをかき分けた時。

「……！」

思わず息を飲む。女官服を着た女性がひとり、青ざめた顔をして倒れていた。

まだ若い女だと思うが、顔色の悪さから年齢を推測しづらかった。

「大丈夫ですか？　お怪我は？」

女性を軽く揺さぶりながら、優しく声をかける鈴苺。

しかし彼女は「う、う……」と呻くだけで、瞼すら開かない。

――本当に顔が真っ青だわ。病かしら？　治療が必要よね。

鈴苺は女性を抱きかかえた。

自分より身長が大きかったので、腕にずっしりと重みがかかる。

しかし鈴苺の筋力ならば、なんとか医局まで運べそうだった。

――とにかく、早く医官のところへ運ばないと。

そう思った鈴苺が一歩踏み出した、その時。

「っ！」

小太刀が鈴苺の頬を掠めた。

女性に気を取られていたせいで、反応が遅れた。

しかしその殺気に気づいた瞬間に屈んだため、致命傷は避けられた。

女性の近くあったに桃の木の陰に、黒装束に身を包み、覆面を被った正体不明の不審者はいたらしい。

鈴苺の頬から、一筋の血が流れている。

攻撃を完璧にかわすことは叶わなかった。

しかしかすり傷で済んだのは、日ごろの稽古の賜物であろう。

「――この女性に何かしたのか」

鈴苺は目を細め、鋭い視線をぶつけながら低い声で言った。

小太刀を持ち息をひそめた不審人物は、それなりの使い手のようだが、不意打ちで自分を仕留められなかったことを考えると、そこまで厄介な敵ではないだろう。

――だけどこの女性を守りながらだと、ちょっと大変かも。

相手の思惑が分からない。ひょっとすると、この女性を始末したいのかもしれない。

そう考えると、抱きかかえた彼女を地に降ろすことはためらわれた。

――この人を抱えたまま、こいつから逃げるしかない。

もしかすると、この相手もこの女性も女官の行方不明事件に関連しているかもしれない。

できれば眼前のあやしい輩を捕らえ、刑吏のもとへとしょっぴきたいところだ。

しかし女性の身の安全が最優先である。

――あやしい奴を捕らえることは諦めよう。とにかく、この女性と一緒に逃げる！

そう決意した鈴苺が、地を蹴ろうとした――その寸前。

「ぐっ！」

急に不審者が呻き声をあげ、その場に倒れ伏した。

鈴苺は呆気に取られ、思わずその場で立ち尽くす。すると、倒れた不審者の奥から現れたのは青龍刀《せいりゅうとう》を構えた祥明だった。

「鈴鈴、大丈夫か⁉」

不審者に食らわせたのはみねうちだったようで、刃には血はついていない。

「祥明！」

「顔に怪我してんじゃねぇか！　……くそ、なんてことしやがる」

駆け寄ってきた祥明は、心配そうな面持ちで鈴苺の顎をそっと掴み、傷の具合を食い入るように見つめてきた。

「え……いや、かすり傷なんで大丈夫ですけど」

「そういう問題じゃねぇ！　……俺の鈴鈴に何しやがる」

「俺の……？」

どういう意味か分からず首を傾げる鈴苺。

一応親同士が勝手に決めた婚約者という間柄ではあるものの、お互いに恋愛感情などないはずなのに。

俺の妹弟子に、という意味だろうか。

などと、不思議に思っていると、祥明はハッとしたような顔をしたのち、こほんと咳ばらいをした。

「――ま、まあ、大した怪我じゃなくてよかったけどよ」

「あ、はい。ところでどうしてここに？」

「ああ。劉銀が後宮内を見回りたいっつーんでついてきたんだ。だけど途中で梁貴妃につかまってな。茶に付き合わされていたんだが、劉銀に『俺の代わりに見回ってきてくれ』って耳打ちされたから、この辺を歩いていたんだよ。茶の場には光潤もいたから、俺が劉銀についていなくても問題なかったし」

「なるほど、そうだったんですね」

確かに、劉銀と祥明が「相当の使い手」と言っていた光潤がいるならば、安全面では問題ないだろう。

「そんなことより。こいつ誰だ。そしてその女官は？」

「私だって分かりません。倒れているこの人を見つけて医局に運ぼうとしたら、その黒装束が襲ってきて」

「ふむ……。じゃ、とにかくその怪しい奴は刑吏んとこに連れていくか」

ええ、と鈴苺は同意したのだった。

鈴苺は顔面蒼白の女性を医官のところに、祥明は気絶した男を抱えて刑吏場へとそれぞれ連れていくことになった。

医局に着くと、女性の様子を見た数人の医官がただことではない様子で治療室へ連れていく。

鈴苺も顔に傷を負っていたので、医官の手伝いをしているらしい手の空いた女官から、傷の手当てをしてもらった。

「浅い傷なので、傷跡は残らないかと思いますよ」

「そうですか、ありがとうございます」

などと、女官と和やかに話していると。

「鈴鈴！」

医局の扉が大きな音を立てて開いたかと思ったら、黒い影が素早く室内に入ってきた。

それはなんと、血相を変えた様子の劉銀だった。

「へ、へ、へ、へ、陛下ぁ⁉」

女官は突然の主上の登場に、腰を抜かしてしまった。少し驚いた鈴苺も、目をぱちくりさせて劉銀を見つめる。

「どうなさったのですか、陛下。大変慌てた様子で」

「どうなさったのですか、じゃない！　怪我をしたと聞いたぞ⁉　大丈夫なのか！」

「あ、大丈夫です。かすり傷ですから、ほら」

「顔ではないか！　……なんてことだ！」

手当て途中の顔の傷を見せると、劉銀はとても口惜しそうに叫ぶ。

――祥明といい、劉銀といい、なんで私の顔に傷がついたことをそんなに気にするんだろう。

ふたりの男の反応が、いまいち理解できない鈴苺だった。

「いえ……あの、武官ならこれくらいの傷を気にしている暇なんてありませんよ」

苦笑を浮かべて鈴苺が言うと、劉銀は眉尻を下げ、やはり心配した様子で言う。

「それは分かっているが……。実際にお前の体に傷が入ったのを見るのは、存外に苦しいものだな。……やはり武官をさせるべきではなかったのか……？　他の方法でお前を後宮に……」

自問自答している劉銀の言葉が、今の鈴苺を全否定するような内容だったので、思わず眉をひそめる。

「え？」

「あ、いやなんでもない。気にするな」

首を忙しく振って、誤魔化すように劉銀は言う。

――聞き間違いかな？　まあ、劉銀の強い命令で武官になったんだし、彼に迷いがあるわけないわよね。

劉銀の言葉があまりに今までの発言とかけ離れていたので、そう思って深く考えるのをやめる。

「私の傷はさておき。桃園に倒れていた女官が奥の治療室にいます。あと、私に傷をつけた不審人物を、祥明が捕らえて刑吏場に連れていきました」

「聞き及んでいる。……一連の行方不明事件と関係がありそうだな」

「はい、そう思います」

後宮内のひと気のないところで女官が倒れているとか、不審者が襲ってくるとか、そんなことは何か事件が絡まないと起こり得ない。

不審者と相対した時から思っていたが、劉銀の言う通り、まず例の事件と関連があると思って間違いないだろう。

「とりあえず俺は、女官と不審者の様子を見てくる。お前は今日は林徳妃のもとでゆっくり休むように」

「え、だからかすり傷ですってば。そんな大事を取らなくても大丈夫です」

「やかましい。これは命令だ」

「ええ……はい」

いまいち納得できない鈴苺だったが、大袈裟に怖い顔をして劉銀が命じてくるので、渋々頷いた。

そして、いまだに「あわわわ、陛下がこんな場所に」と震えている女官には構わず、劉銀は部屋を去ろうと扉に手をかけた。

しかし、退出間際にこう言った。

「……痕は残らないのだな？」

「え？　顔の傷ですか？」

「そうだ」

「はい、そうみたいです」

「――そうか、よかった」

心の底から安堵したように劉銀はそう呟くと、退室した。

――一体全体、本当にかすり傷くらいでなんなんだろ。劉銀といい、祥明といい。

ふたりの幼馴染の過剰な心配がまったく理解できないまま、鈴苺は劉銀に言われた通りに林徳妃の待つ夏蓮宮へ戻ったのだった。


行き倒れていた女性を保護した夕方、鈴苺は再び劉銀の執務室へ呼びつけられた。中に入ると、前回と同じように劉銀は茶卓につき、その隣には祥明も座っていた。

「昼間助けた女官や不審者の件ですか？」

『この面子の時は、昔のようにしろ』と前回命じられたので、鈴苺は皇帝に対する挨拶はせず、開口一番そう尋ねた。

「うむ、そうだ」

もちろん劉銀は気にした様子はなく、そう答える。

いつものように凛とした佇まいであったが、どことなく疲れているように見えた。

「まず、不審者のほうだが。――逃げられた」

茶卓に着くなり、劉銀から飛び出した言葉に鈴苺は驚愕する。

「逃げられた⁉　どういうことですか？」

「それが……いろいろ不可解な点が多くてな」

劉銀の説明はこうだった。

覆面を取られ、牢獄に入れられた不審者は男性だった。

覆面の下の素顔は、誰も心当たりがなかったそうだ。恐らく後宮内の者ではなく、外部で調達された男であろうと結論づけられた。

後宮内の者を使えば、捕らわれた時点で誰が首謀者なのか一目瞭然だ。

何かよからぬことを企んだ輩が、目論見が簡単にバレないようにするために外の人間を使うことがあるらしい。

拘束した際に尋問しても、男は口を真一文字に引き結んで言葉を発さなかった。

では、後宮裁判にかけ、それでも口を割らなければ拷問だな、という段階になった時。

牢獄から、男の姿が消えていたというのだ。

「牢がある建物の入り口には常に見張りが立っていた。見張りは何名か交代したが、交代の際に牢獄の中までは確認しなかったようで、いつ男が消えたのかは分からぬ」

「いや、でもおかしくないですか？　見張りがいるのでしたら逃げるなんて不可能ではないですか。牢に穴でも開いてたのですか？」

鈴苺の問いに、今度は祥明が答えた。どうやらすでに、劉銀から情報を共有されているらしい。

「それが、牢には何の異常もなかったんだ。まあ、だから考えられるとしたら――」

「見張りの中に、不審者側の人間がいるということだな」

祥明の言葉を引き取り、劉銀が答える。

しかし、見張りは後宮を警備する武官たち三人が持ち回りでこなしていたので、不審な人物はいないそうだ。

一人目は光潤の部下の男。

二人目は、白賢妃の護衛の男。

三人目は、姚淑妃の宮をよく警備している女性武官。

「三人の武官の素性を考えると、やはり林徳妃様以外の四夫人の誰かが、例の事件を起こしていると考えられそうですね」

神妙な面持ちで鈴苺がそう言うと、劉銀は首肯した。

「うむ……。あまり考えたくはないがな。しかし、まだ行方不明事件と今回の不審者騒動が関連している確かな証拠はない。牢を見張っていた武官たちも皆、今までの勤務態度は非常に真面目な者だった。可能性があるというだけで捕らえたり尋問したりすることはできず、とりあえず『今後こんなことは起こさぬように』と注意喚起しかしておらぬ」

苛烈な性格の皇帝なら、疑わしきは全員罰することもあるだろう。

華国の皇帝ともあらば、それくらいの暴挙は許されてしまう。いや、暴挙とすら呼ばれないだろう。

しかし劉銀はそれをよしとしないのだ。

道場にいたころと何ら変わらない、心優しい劉銀は。

「なるほど……。女性の方の具合はどうですか？」

「極度の衰弱状態ではあったが、命に別状はないようだ。しかし、意識が戻らずまだ話はできていない。医官が言うには、貧血もひどいそうだ」

彼女は、少し前に行方不明になった十五歳の洗濯係の少女だったそうだ。桜雪が知り合いだと話していた女官だろう。

「ずっと飲まず食わずの状態で監禁でもされてたのかな？　そんで、隙を見て逃げ出したとか」

「飲まず食わずはそうかもしれませんが、私が助けた時の様子だと彼女は歩けるような状態ではなかったですね。自ら逃げ出すなんてこと無理そうでしたけど……」

「うーん、それもそうか」

鈴苺の言葉に、祥明は眉間に皺を寄せながら納得した様子だった。

その後、「では誰かが逃がそうとしたとか？」「それならばあんなところに置いておかないで連れていくのでは」などと、三人で情報共有しながら考えうる可能性について話し合ったが、所詮机上の空論。

今回判明したのは、見張りをしていた武官の素性から、行方不明事件には林徳妃以外の四夫人が関わっている可能性が高まったということだけだった。

――さらわれた女官をひとり見つけた上に、不審者も捕まえられたからもうちょっと話が進むと思っていたのにな……

意外なほど収穫が少なくて、鈴苺は肩を落とす。そんな鈴苺の心情を察したのか、劉銀はポンポンと、鈴苺の頭を撫でるように優しく叩きながら、微笑んだ。

「まあ、女官がひとり見つかったのはよかった。あのままでは命の危機もあったと医官は言っていたぞ。お手柄だったな、鈴鈴」

「――そう言ってもらえて嬉しいです」

自然と鈴苺も顔を綻ばせる。

せっかく来たのだから、やはり昔馴染みの劉銀の役に立ちたいと思っている。

「あー、ってわけで今回の話は終わりだな！　よし、鈴鈴戻れ」

祥明はやたらと早口で言うと、焦った様子で鈴苺の手首を掴み、ぐいっと出口のほうへ引っ張った。

「え、あ、確かに終わりみたいですけど……」

「林徳妃様からあまり離れちゃダメだろ。ほら、劉銀もまだ執務が残っているし」

「あー、そうなのですね。そういうことでしたら」

「いや、俺は急ぎの仕事は今日は別に……」

「はい！　じゃあ鈴鈴！　またな！」

劉銀が何か言いかけていた気がするけれど、それを祥明が大声で遮った。

さらに祥明はすでに執務室の扉を開けていて、彼に背中を押されるように鈴苺は退出させられた。

——祥明、やたらと慌てた様子のような気がしたけれど、一体何なんだろう？

執務室の前で首を傾げる鈴苺。

しかし祥明の言う通り、話すべきことは話したので、「まぁいいか」と深く考えずに、夏蓮宮へ戻ることにした。

第四章　桃花祭

「先日行方不明になった子ねぇ。どんな子だったかしら……。あんまり印象に残らない子でねぇ……」

「そうなのですか……。何かひとつでも、思い出せることはございませんか？」

「あなたがそう言うのだから、もちろん答えたいところなんだけど……。覚えてるのは、若くて真面目だったってくらいねぇ。ごめんなさいね、お役に立てなくて」

「いえ、とんでもありません。お忙しい中、ありがとうございます」

鍋をかき回す手を止めて、自分の話に付き合ってくれた女官に、心からの感謝を込めて鈴苺は微笑む。

すると、二十代後半ころと思われる内食司《ないしょくし》の女官は、なぜか嬉しそうに頬を緩ませた。

「うふふ、いいのよ。あなたとお話しできて嬉しかったんだから。ねえ、今度時間ある時に庭園でお茶でもしない？」

「お誘いは嬉しいのですが、あまり林徳妃様のもとを長時間離れるわけにはいかず……。申し訳ありません」

「ああ、そうよねぇ……。ふふ、でもあなた真面目で素敵ね。ますます心を掴まれてしまうわ」

「はあ、ありがとうございます」

鈴苺は作り笑いを浮かべる。

鈴苺が聞きこみをすると、今回のようにあからさまに恋情を抱いているような反応を示してくる女官が多かった。

林徳妃が言っていた通り、これまで光潤と祥明が女たちの人気を二分していたが、鈴苺はそこに割りこむ形で第三勢力となってしまったらしい。

――話しかけたら、みんな好意的な反応をしてくれるのはとても助かるけれど。実は私が女だって知ったら、がっかりするんじゃないかな。

と、女官が嬉々とした面持ちで自分の聞きこみに対応してくれるたびに、鈴苺は複雑な心境になってしまうのだった。

鈴苺が後宮入りしてすでに十日ほど。その間も、若い女官は数名行方をくらませていた。

休息の時間などに今のように女官に話を聞いて情報を集めたり、林徳妃や桜雪とともに首謀者の動機などを考察したりはしていた。

しかし、劉銀、祥明とともに執務室で話して以来、大した情報は得られておらず、まったく解決に向かって進展していない。

「本日のようなお忙しい日にお時間を割いてくださってありがとうございます」

厨《くりや》を出る間際に、鈴苺はぺこりと頭を下げる。すると女官は首を振った。

「ああ、いいのよ。私たちよりも、今日大変なのは内儀司《ないぎし》のほうよね」

鈴苺が今訪れている厨《くりや》で労働している女官は、女官や妃嬪の食事を準備するのが務めである内食司《ないしょくし》所属だ。

彼女が挙げた内儀司《ないぎし》は、催事を司る部署で、女官の中でも舞や楽器の演奏が得意な者たちが集められている。

今ごろ内儀司《ないぎし》の女たちは、確かにてんやわんやだろう。

それもそのはず、本日は桃花祭という後宮行事が執り行われることになっているのだ。

旬の桃の花が咲き乱れる庭園で、芸事を生業《なりわい》とする女官たちが、演劇や舞、琵琶や二胡の演奏を披露し、春の訪れを祝うという、毎年必ず行われている催事だった。

内儀司《ないぎし》に所属する女官たちが前座の演目を行った後、四夫人それぞれも芸事を披露する流れになっている。

林徳妃は、得意の二胡を親しい女官たちと合奏する予定だ。昨年と同じ演目らしい。

四夫人たちは昨年も一昨年も皆同じ演目を行っていたので、きっと今年も皆去年と同じだろうと林徳妃は言っていた。

実は今、林徳妃は祭りのための衣裳替えの最中だった。宦官《かんがん》の鈴苺は立ち会う必要がないので、こうして厨《くりや》に聞きこみに来ていたのだった。

――でも、そろそろ御着替えも御化粧も終わったころよね。

鈴苺は、再度女官に礼を言って厨《くりや》を立ち去ると、夏蓮宮に戻ろうとした。途中、本日祭りが開催される予定の桃園を通りすがる。

咲き乱れた桃の甘い香りが鼻腔をくすぐり、華やかな気持ちになる。

しかし、桃園の端に位置していた倉庫に、見慣れた顔ぶれが見えたので鈴苺は足を止めた。

「一体どうしましょう……。代わりに別の演目をするしかないかしら」

「今から別の演目なんて、考えられませんわ！」

着飾り終えた林徳妃と女官たちだった。皆、顔を強張らせ、物々しい気配で何やら相談事をしている。

「どうなさったのです？」

鈴苺が彼女たちのほうへ駆け寄ると、いつも超然としている林徳妃が珍しく困惑した顔でこう言った。

「あら、鈴鈴。実は、今日の演奏に使うための二胡が、倉庫からごっそりなくなっているの」

「ええ⁉」

林徳妃と女官が使うための二胡は、昨日のうちに夏蓮宮から桃園の倉庫へと運び出していた。鈴苺自身、その手伝いをしたので間違いない。

驚愕した鈴苺は、扉が開いている倉庫の中を覗きこむ。昨日、確かに女官たちとともに運搬した二胡が、跡形もなく消えていた。

「さっき女官から報告を受けて、まさかと思って私もここに来てみたのよ。周囲も念入りに捜したのだけど、見当たらなくて……。二胡がなければ、当然今日の演奏はできないわ」

林徳妃の覇気のない声。女官たちも、肩を落としている。

本日の宴には、劉銀も出席する。

事情を話せば心の広い彼はさして気にしないだろうが、彼の周囲はそうもいかないだろう。

四夫人の中で林徳妃のみが芸事を披露できないとなれば、「宮中行事もろくにこなせない妃嬪」という烙印を押され、他の四夫人の派閥の側近が、ことあるごとに苦言を呈するようになるに違いない。

「あらあ。何を浮かない顔をしているのかしら？　まあ、常日ごろから大したお顔ではないけれど」

女官を引き連れて通りがかった梁貴妃が、薄ら笑いを浮かべながら間延びした声を上げた。

少し離れた場所に光潤の姿もあったが、とても退屈そうな顔をして明後日のほうを見ていた。

鈴苺がこの場にいることも気づいていない様子だ。

武に精通している彼は、きっと芸事には興味ないのだろう。

……と、どちらかというと女たちよりも彼のほうに性格が近い鈴苺は、勝手に心情を推し量る。

「あら、梁貴妃様。ご機嫌よう、今日も目がちかちかするほど煌びやかですこと」

瞬時に柔和な笑みを作るも、ちくりと牽制するのは忘れない林徳妃。

複雑に編み上げられた髪にまるで冕冠《べんかん》のように大きな髪飾りを揺らす梁貴妃は、いつにも増して白く塗りたくられた顔で邪《よこしま》そうに微笑んだ。

「お祭りですもの、着飾らないとねえ。しかし、あなたは相変わらずパッとしないわねぇ。いえ、いつもより顔に華やかさがないみたい。ふふ、まさか不測の事態でも起こったのかしら？」

ちらりと倉庫のほうを一瞥して、梁貴妃はほくそ笑む。それでも林徳妃は、眉ひとつ動かさずにこう言い放った。

「いえ、そういうわけではなくってよ。陛下の前で二胡を演奏できると思うと、武者震いしてしまってね」

「ふーん、そう？　ふふ、あなたの華麗な演奏、楽しみにしているわ」

「あなたの女官たちによる芝居もね。ところであなたは今年も相変わらず、ただのお飾りなのかしら？　……そろそろ陛下に無芸大食だって呆れられないかしらねぇ」

今朝、林徳妃が鈴苺に説明した内容によると。

例年、姚淑妃は琵琶の演奏に合わせた愛らしい舞を、白賢妃は棍《こん》による武の型を、梁貴妃は女官による芝居を演目としているとのことだった。

姚淑妃と白賢妃は、妃嬪自ら演者となるが、梁貴妃は女官にやらせるのみで自分は席で座っているだけらしい。

『あの子、外見にすべての才能をつぎ込んでしまったせいで、頭脳も技能も何もないのよねー。だから着飾って陛下に色目使うしかないのよ』

……なんて、林徳妃は鼻で笑っていた。

「わ、私はいいのよ！　存在するだけでその場を華やかにさせることができるんだからっ！　陛下だって『お前はかわいい』ってよく言ってくれるし！」

「あらあら、陛下は本当にお優しいわね。でも、心にもないことはおっしゃらないほうがいいと思うのよねー。だって勘違いしちゃったらかわいそうだもの」

「は、はあ⁉　陛下は本気で思ってるもん！」

涙目になる梁貴妃。

ふたりの掛け合いの、いつもの結末だった。

「……絶対、梁貴妃様が二胡をどこかに持ち出したわよね」

そんなふたりを尻目に、桜雪が鈴苺に耳打ちする。

「そうですね。しかし、証拠がありません。林徳妃様も、確証もないのに彼女を追及するわけにはいかないようですね」

「そうね……」

ふたりでそんな会話をしていると、「ふん！　二胡もないのにどうやって宴を切り抜けるのか見ものだわ！　せいぜい悪あがきすることねっ」という捨て台詞を吐いて、梁貴妃は去っていった。

——二胡がなくなったなんて、私たち一言も言っていないのに。梁貴妃様の頭の中は、がらんどうなのかしら……。なんて、貴妃ともあろうお方にこんなことを思ってはダメね。

つい梁貴妃を貶めるようなことを考えてしまった鈴苺が、自己をこっそりとたしなめていた時、林徳妃は顎に手を当てて考えこんでいた。

林徳妃も、もちろん梁貴妃が二胡を盗難したとは分かっているだろうが、彼女に構っている暇はないと判断したらしい。

まずは、桃花祭をどう切り抜けるかを思案しなくてはなるまい。

「うちの女官たちは、楽器演奏以外の芸には秀でていないのよね……。あ、そうだわ。鈴鈴は何かできないの？　あとは新入りのあなたに期待するしかないわ」

期待に満ちた瞳で林徳妃は鈴苺を見据える。

――しかし。

「わ、私ですか？　……恐れながら、刀を振り回すことに人生を費やしているので……。芸事はさっぱりです」

「それならば、刀舞を見せればよかろう」

突如、場に冷涼な女性の声が響いた。声のしたほうを見ると、白賢妃が気品のある微笑みを浮かべていた。

「白賢妃様！」

「うむ。林徳妃様、鈴鈴。お困りのようだな」

衣裳は茶会で着用していた艶やかな襦裙《じゅくん》や披帛《ひはく》ではなく、なんと躑躅色《つつじいろ》の甲冑を身につけていた。手には、愛用の棍《こん》だ。

「勇ましいお姿、よくお似合いですわ」

林徳妃の言う通り、華やかな色合いの甲冑に、柄の長い棍《こん》を携えた姿は、戦場の女神と呼称してもおかしくないくらい、美しく凛々しかった。

――妃嬪としての御衣裳より、甲冑姿の白賢妃様のほうが素敵だわ。……なんて、こんなことを思ってはダメかもしれないわね。

鈴苺も、勇ましい姿の白賢妃につい見とれてしまう。

「ありがとう。……まあ、私のことはいい。先ほど、梁貴妃様が下卑た微笑みを浮かべて歩いていたものだから、嫌な予感がして祭りの会場を下見しに来たのだ。直前に演目のご相談をなさっていたところを見ると、やはり被害に遭われたようだな」

「ええ、演奏に使う二胡がなくなっておりましたの。……確実に梁貴妃様の仕業ですが、はっきりとした証拠がありませんし、祭りの直前に盗難だと騒ぐのも風流ではありませんから、なんとか乗り切りたく知恵を絞っておりました」

「やはり、そういうことであったか。しかし先ほども申し上げたが、演目はなんとかなるのではないか？」

林徳妃と話していた白賢妃が、鈴苺と視線を合わせてきた。

「私が刀舞を見せる……とおっしゃっておりましたね」

「うむ。徳妃様の専属の護衛に抜擢されるほどの実力の持ち主ならば、刀舞も可能だろう？」

　刀舞とは、文字通り刀を振るいながら舞う芸道のことだ。基本的には、音楽や詩吟に合わせて刀を振りながら舞う。

　実家の道場で行われた宴会で披露する機会があったので、それなりに練習したことはあるし、刀舞自体が普段の刀さばきの延長線上にあるので、ぶっつけ本番でもきっと様にはなる。

「ええ、できないことはないとは思います。ですが、私は……」

「あらっ！　それなら刀舞でいいじゃない！」

「うむ。私は今年も棍《こん》の舞を披露する予定だった。武芸同士ということで、今年は合同で行わないか？　それに二胡なら私もひとつ持っている。林徳妃様が演奏する二胡に合わせて、私と鈴鈴が舞うのはいかがか」

「あら、とてもよいお考えですわ！　ぜひ、そういたしましょう！」

　鈴苺の言葉を遮って、林徳妃と白賢妃が話を進めてしまう。

　――林徳妃様から主役の座を奪って刀舞なんて……と思ったけど、さらに白賢妃様と一緒に武舞ですって⁉　しかも、林徳妃様の演奏する二胡に合わせて⁉　四夫人ふたりと同じ舞台に立つなんて、宦官《かんがん》の私には場違いにもほどがあるわっ！

「お、お待ちください。私のような者が、白賢妃様と一緒に舞うだなんて……！　恐れ多いにもほどがあります」

「私は気にせぬが」

「私も気にしないわ。いいじゃない、別に。宴の演目の出場者に位階の制限なんてないし」

「い、いえ！　しかし……！　そ、それに私はしがない宦官《かんがん》にございます。宴席の場を盛り上げるような、華やかさはまったくございません。御化粧も御衣裳も、男物では映えませんよ」

白賢妃は甲冑を身に着けているとはいえ、色合いは女性的で華やかだし、化粧も念入りに施されている。

髪はすっきりとまとめられていたが、翡翠がちりばめられた髪飾りが、動くたびに煌めく。

彼女が立つだけで、辺り一帯が華やぐはずだ。

「陛下もきっと華美な演目を期待しておられますし……。私のことは忘れて、林徳妃様の二胡の演奏に合わせて、白賢妃様の棍《こん》を振るう、という形で合同ということになさってはいかがですか？」

「自分は宦官《かんがん》だからだめだ」と鈴苺は主張する。ふたりの標的から自分を外したくて、
鈴苺は必死になって逃れるための意見を述べた。しかし、林徳妃と白賢妃はなぜか押

し黙って鈴苺を眺める。

——林徳妃様が困っているのなら、刀舞を披露するのもやぶさかではないけれど。白賢妃様と一緒に舞うなんて、とんでもないったらありゃしないわ。

林徳妃は目を細めて、じっと鈴苺を眺めていた。

何かを見定めているようだった。諦めてくれるだろうかと、鈴苺は天に望みをかける。

「……私の襦裙《じゅくん》と、披帛《ひはく》と……やっぱり、裳《も》だと動きづらいわよねぇ。う～ん。思いっきり女の子っぽくしたほうがおもしろそうだけどなあ」

「え……？　林徳妃様……？」

彼女がぶつぶつ呟いている言葉の意味がまったく分からず、鈴苺は尋ねる。

なぜか嫌な予感がしてならず、顔が引きつった。

「ん？　別にあなただって華やかになれるじゃないの。私、一生かかっても着られないくらいの御衣裳や装飾品があるんだもの。私より、鈴鈴に似合うようなものだってあったわ。あなた、化粧映えもしそうだし」

——何をおっしゃっているの、この方は。

にっこりと笑顔で言葉を紡ぐ林徳妃。

鈴苺は、彼女の言っていることの意味が理解できなくて——いや、理解したくなさすぎて、声が出てこない。

するど、林徳妃の言わんとしていることを素直に受け止めたらしい白賢妃が、豪快に笑った。

「ははは！　それはいい！　おもしろい演目になりそうではないか！」

「さすが白賢妃様！　話がお早いですわ！　……というわけで、あなたの懸念は何ひとつなくなったわ。いいわね？　鈴鈴」

「……つまり。私に、女装しろと。そういうことで……ございますね」

衝撃的すぎて途切れ途切れに言ってしまう鈴苺。

すると林徳妃と白賢妃は、にんまりと企むような微笑みを浮かべて、深く首肯したのだった。


――そもそも私は女なのだから、『女装』っていうのも変な話だけど。

苦虫を噛み潰したような表情になりながら、着せられた自身の衣裳を見て、鈴苺はふと思う。

桃色の裙《もすそ》に、紅蓮の上襦《うわぎ》を合わせ、瑠璃色の披帛《ひはく》を両腕から垂らしている。

樺色の裳《も》はひらひらとはしているが、裾が広く動きやすい。

いかにも女性的な色合いだが、舞うには申し分のない、機能性の高い衣裳だった。

「……なんと可憐な。男にしておくのはもったいないな」

化粧も髪結いも済ませた鈴苺を見て、白賢妃は心底感心したように言った。

周囲の女官たちも、鈴苺を珍獣でも見るかのような目つきで凝視している。

鈴苺の真の性別を知っている林徳妃は、乾いた笑みを浮かべていた。

林徳妃と白賢妃が、合同で演目を行うことが決定した後。もう桃花祭の開始まであまり時間がなかったので、急いで準備が始まった。

鈴苺は夏蓮宮へと引っ張られるように連行され、林徳妃と桜雪に衣裳合わせをさせられた後、化粧係の女官に顔に白粉《おしろい》を叩かれながら、髪をこねくり回された。

人に着替えや髪の手入れを任せたことも、化粧をした経験もなかった鈴苺は、それだけで精神的にとても疲弊した。

鈴苺の準備が完了したのち、桃園に急いで戻ると、すでに準備万端な白賢妃に出迎えられ、開口一番、先ほどの台詞を言われたのだった。

「……私めにはもったいないような豪奢な御衣裳で。正直、着ているだけで気疲れしてしまいます」

きれいでかわいらしいものは、鈴苺とて嫌いではない。

だが、物心つく前から道場で稽古着ばかり着ていた鈴苺にとって、それらは自らが着用する対象ではなく、誰かが着ているのを目で見て楽しむものだった。

――白賢妃様は気を遣って褒めてくださるけど、私なんかにこんなの似合うわけないのに……

自分の外見など十人並みだと思いこんでいる鈴苺は、気恥ずかしくてたまらなかった。

それにそもそも自分は、後宮では宦官《かんがん》として通っているのだ。

事情を知っている一部を除き、女装した宦官《かんがん》がいるぞ、という好奇の目で見られることになる。

変に目立つのは御免だし、そもそも元は女なのに女装しているなんて、自分の本来の性別がなんだったのかもうわけが分からない。

「いや、ここまで桃色を可憐に着こなせる女も、そうそういまい。そなたのために作られたかのような御衣裳だとすら、私には思えるぞ」

「白賢妃様もそう思われます⁉　私が選びましたのっ。鈴鈴、本当にとても似合ってますわよね！」

「うむ。林徳妃様の御衣裳選びの見立て、心から素晴らしいと思った。合わせた髪飾りと披帛《ひはく》の素材、色合いも見事だ」

まじまじと見ながらふたりが褒めちぎるので、ますます恥ずかしくなり、鈴苺は小さくなって「さようでございますか……」と言うことしかできない。

「さて、もう少しで祭りの開始時刻だ。それぞれの席に行くとするか。演目の直前に、この場に集合しよう」

「ええ、そうですね。鈴鈴はいつも通り、私の隣にいてちょうだいね」

「……承知いたしました」

宴席についた林徳妃の傍らに鈴苺は立つ。

祭りの会場は、桃園の中心の開けた場所だった。石畳の舞台を取り囲むように、宴席が設けられている。

舞台よりも高座になっている席には、肘置きに身体を預けている劉銀の姿があった。祥明を始めとする護衛たちが、そんな皇帝の周囲を取り囲んでいる。

劉銀の右側に徳妃、貴妃の席。

左側には賢妃、淑妃の席が用意されていた。

そして皇帝から遠ざかるほど、下位の妃嬪になるように席が設けられ、舞台を一周していた。

鈴苺は誰かに今の姿を見られるのが嫌で、披帛《ひはく》を頭から被るようにして顔を隠してしまう。

「鈴鈴……。そんなことをやっていると余計目立つわよ」

一緒に林徳妃についていた桜雪が、呆れたように言った。

「……顔が周囲に晒されなければそれで構いません」

「どうせ、演目の時にここにいる全員に見られるのに……」

「それでも、なるべく見られたくないので」

「そう……。まあ、あなたもいろいろ大変よね」

透過した素材の披帛《ひはく》ごしに、桜雪の憐れむような表情が見えた。

――こんな私を見たら、劉銀も祥明も笑うだろうなあ。あいつ、男装した上に女装してるぞって。光潤様だって変な顔しそう……。あーあ、なんでこんなことに。

そんな風に悶々としている間に、桃花祭が始まった。

最初の演目は、内儀司《ないぎし》の女官たちによる二胡と琵琶の合奏だった。

桃の花びらが舞う中に、古来から伝わる楽曲である「桃色天女」が、透明感のある音色で桃園に響き渡る。

不貞腐れていた鈴苺は、あまり真剣に聞いていなかった。

が、勝手に耳に音が入っていくうちに、自棄《やけ》になっていた心が浄化されていく。

――さすが。後宮専属の音楽家の演奏なだけあるわ。

披帛《ひはく》ごしに、桃の花が咲き乱れる中、優雅に舞う天女の姿が見える気すらした。

ただでさえ美麗な桃園の景色を、その音色はより幻想的に、まるで桃源郷のように仕立て上げている。

会場にいるすべての者を感極まらせた演奏の後は、扇を持った姚淑妃とその女官たちによる舞が披露された。

小柄なその肢体を可憐にしならせるその姿は、まるで妖精のようだった。

本当に彼女は二十代後半なのか、と鈴苺は目を疑う。ついには被っていた披帛《ひはく》を少しずらして、直接姚淑妃を凝視した。

——やっぱり、どう見ても童女よね……

目を凝らして姚淑妃を観察しても、実年齢を彷彿とさせる要素は一切見当たらない。まるで狐につままれたような気分だ。

姚淑妃に魅了された後、梁貴妃の女官たちによる演劇が始まった。

内容は、華国では幼子ですら知っている、「桃の悲恋」だった。桃の精に恋をした、平民の男性の美しく報われない恋の話だ。

林徳妃が言っていた通り、梁貴妃はまったく演劇には参加していなかった。

しかし、女官たちの演技の質が高く、衣裳も煌びやかで見ていて楽しい気持ちになった。

梁貴妃のことを「外見にすべての才能をつぎ込んでしまった」と林徳妃が言っていたが、その通りだとすると彼女が演劇に加わらないのは賢明な判断だろう……と、鈴苺は完成度の高い女官たちの芝居を見て、思ってしまった。

拍手喝采で大団円を迎えると、嫌な視線を感じたので思わず鈴苺はそちらを見た。

梁貴妃が、勝ち誇ったような顔をして林徳妃を眺めていたのだった。

――「さあ、あなたたちはこの後どうするわけ？」とでも思ってそうだなあ。

梁貴妃の中では、二胡を失った林徳妃陣営は絶体絶命だということになっているはず。

――梁貴妃様の思惑通りにはならなそうでよかったけれど……。うう、やっぱり今すぐに逃げ出したい。

鈴苺は披帛《ひはく》を被ったまま、宴の直前に白賢妃が集合場所に指定した場所へと、林徳妃とともに移動した。

「鈴鈴。もう、いい加減観念して披帛《ひはく》取りなさいよ」

白賢妃に借りた二胡を抱えて、林徳妃が少し意地悪く言う。

「はい……」

力なく返事をすると、鈴苺は披帛《ひはく》を肩にかけた。

華やかな彩色の甲冑に、愛用の棍《こん》を構えた白賢妃は、笑いを堪えているようだった。

そして三人は、皇帝の劉銀とその妃嬪たちが囲んでいる円形の舞台に、降り立ったのだった。

林徳妃が二胡の演奏を始めてから、鈴苺と白賢妃がそれぞれの武器とともに舞うという流れだったが、二胡の音色が響き渡る前から、場は騒然としていた。

「あのかわいい子は、一体誰かしら……？」

「私も誰？　って思ったけど……。よく見たら、林徳妃様の護衛の方ね」

「えっ！　だってその方は宦官《かんがん》でしょう⁉」

「その辺の妃嬪よりお美し……あ、すみませんなんでもないですわ」

「信じられない……。どう見ても女性じゃないの」

女たちのそんな声がひっきりなしに鈴苺の耳に届いてきた。

懸念していた失笑は食らわなくて少しの安堵感を覚える鈴苺だったが、それでも恥ずかしいものは恥ずかしい。

高座に鎮座する劉銀は、口元を不敵な笑みの形に歪めて、興味深そうに鈴苺を見ていた。祥明は、驚愕したように目を見開いている。

――ふ、ふたりともあんまりこっち見ないでほしいわ。

人に見てもらうために舞台に立ったにもかかわらず、無茶な願いをしていると、林徳妃の二胡の演奏が始まった。

そして鈴苺は抜刀する。二胡の音律に合わせて、風を切るように刃を振るった。

披帛《ひはく》がなびき、裳《も》の裾が風で膨らみ、舞をより優雅に魅せる。

白賢妃は全身を隈なく使い、細長い棍《こん》を振り回した。棍《こん》の動きとともに深紅の槍纓《そうえい》が揺れ、空間が装飾される。

美しく風流な二胡の音色とともに、溌剌《はつらつ》とした動きで倭刀《わとう》をしなやかに振るう鈴苺と、重量のある棍《こん》を猛々しく振るう白賢妃が舞台上で合わさった姿は、見る者をひとえに感動へと引きずりこんだ。

誰もが、練習なしの一発勝負だと知ったら、度肝を抜かれるだろう。

それほどまでに三人は優雅かつ美麗で、桃園の中心に天国を創造してしまっていた。

二胡の演奏の主旋律が、徐々におとなしくなっていく。余韻に近い音になった時、終わりを察した鈴苺は愛刀を腰の鞘に納めた。

白賢妃が、棍《こん》を両の手で地面と水平になるように持ち、静止したのとほぼ同時だった。

そして、林徳妃が弦の間に挟んでいた弓の動きをぴたりと止め、二胡の最後の一音が響いた。

しばしの間、場は静寂に支配された。

鈴苺は「あー、無事終わった」と安堵の息をついたが、舞台を取り囲む皆が、見開いた双眸《そうぼう》を自分に向けているので、何事かと動揺してしまう。

すると、静寂を打ち破る大きな拍手の音が響き渡った。席から立ち上がった劉銀が、一同に見せつけるかのように手を打っていた。

歓声が響き渡ったのは、その直後だった。

「なんて美しくて、優雅で、可憐な舞！」

「林徳妃様の二胡の音だけでも心地いいのに、白賢妃様とあの宦官《かんがん》のしなやかな舞と来たら！」

「白賢妃様の棍《こん》術が素晴らしいのは知っていましたけれど、あの武官は一体何者なの⁉」

「宦官《かんがん》なんて嘘でしょう……⁉　どう見ても、可憐な美姫だわ……！」

そんな風に、三人を手放しで称賛する声が四方八方から聞こえてくる。いや、三人というよりは、八割方鈴苺に対する賛美の声だった。

林徳妃と白賢妃の芸事の実力については、後宮の者にとってはもはや常識だったが、新米の宦官《かんがん》である鈴苺については、これまで存在すら知らない者が多かったのだ。

いきなり美しい女装姿で現れ、皇帝の寵姫と肩を並べられるほどの刀舞を見せられては、皆が騒然とするのも無理はない。

――お、思ったよりうけてくれたみたいでよかったけれど。こんなに注目されるのは、落ち着かないわね……

気後れしながら、すごすごと舞台から降りる鈴苺。――すると。

「見事であった、鈴鈴。皆の反応……主役は間違いなくそなただったな」

　同時に舞台から降りた白賢妃が、目を細めてしみじみと言う。舞台上で離れていた林徳妃は、反対側から降りたようだった。

　大それた褒め言葉をもらってしまった鈴苺は、慌てて首を横に振る。

「とんでもございません。白賢妃様の華麗な舞の足元にも及びません」

「はは、そう恐縮するでない。そなたと一緒に舞えて、私はとても楽しかったのだ。強いだけの武官なら大勢いるが、美しく舞えるほど武器を自由に操れる者はそういまい」

「――私などにはもったいないお言葉にございます。本日の白賢妃様は、いつも以上にお美しく、凛々しくいらっしゃいました。棍《こん》術であなたに太刀打ちできる武官も、そうそういないのではないかと思います。私の道場の門下生でも、あなたに敵う者がいるかどうか」

　本心からの礼賛だったが、言った直後に「しまった」と鈴苺は後悔した。

　――四夫人ともあろうお方を、武官や門下生なんかと比較しちゃ失礼よね……。

「……申し訳ありません。陛下の愛妃である白賢妃様を、下々の者と比べるなど……大層な失言でございました」

　深々と頭を下げる鈴苺だったが、白賢妃は鷹揚な笑みを浮かべたままだった。

「構わぬ、素直に嬉しいぞ。……私は武家の出身だからな。正直、女らしい娯楽よりも、棍《こん》と向き合っている時間のほうが好きなのだ。鈴鈴のような武芸者に認められたことは、望外の喜びよ」

「ご厚情、痛み入ります」

そう言いながらも、鈴苺は白賢妃が心から喜んでいるらしいことを察していた。林徳妃の話によると、白家は名の知れた武官を何代にもわたって輩出している、相当高名な武家らしい。

そんな家に生まれた白賢妃が、女性としての喜びよりも武を愛していても、なんらおかしいことではないのだ。

だって、鈴苺もそうなのだから。

「しかし……。鈴鈴のその言いよう。あなたの道場では、男も女も対等に扱うのだろうな」

なぜか目を細め、遠くを見つめてしんみりと白賢妃が言う。

「……？　強さに男も女も関係ありません。もちろん、女性は男性に比べて非力で、闘いでは不利な面が多いですが……。柔軟性や俊敏さを身につければ、男性とは十分渡り合えます」

なぜ、白賢妃がそんなことを言ったのか、鈴苺にはまったく分からなかった。

道場主の父は、娘の鈴苺も門下生の男子たちも、対等に扱った。女だからと甘く見ることは一切なかった。

時には、「女子《おなご》に対して、厳しいのではないか」と先輩弟子が父に苦言を呈する場面もあったが、父は鈴苺を甘やかすことは一切なかった。

鈴苺にはそれが当たり前すぎて、むしろなぜ「男だ、女だ」と区別しようとする考えがあるのか、理解できなかった。

白賢妃にもたった今言った通り、強さに性別は関係ないのだから。

——まあ、どうやら世間では違うらしいってことが最近では分かってきたけれど。

男性と対等なほど強い女性なんて少ないものね。

白く柔らかそうな妃嬪たちの細腕と、少し筋張った健康的な自分の腕を比較するたび、「どうやら自分の置かれた環境はかなり特殊らしい」と気づき始めていた鈴苺であった。

「……羨ましいな」

ぼそりと白賢妃は呟く。

「え……？」

「鈴鈴の実家のような場所に、私が生を受けていたら。私は何のしがらみもなく、日々鍛錬にいそしめたのだろうな。……そうだったら、どんなによかったのだろう。こんな牢獄に閉じこめられることもなく」

驚愕のあまり、鈴苺は返す言葉が見つからない。その間に、白賢妃は自分の席のほうへとすたすたと歩き始めていた。

――「牢獄に閉じこめられることもなく」って、今おっしゃったわよね。

自分の聞き間違いなのかとも思った。しかしあまりにもはっきりと、淀みのない声だった。

しかし、常に背筋を伸ばし、堂々たる態度で「賢妃」の称号に似つかわしい様子しか見せない白賢妃の言葉とは、どうしても思えない。

――白賢妃様も、後宮を窮屈に感じてらっしゃるのだわ。

林徳妃も、「しがらみが増えそうだから皇后にはなりたくない」と言っていた。姚淑妃とはあまり関わっていないので分からないが、梁貴妃もいつも嫌味を言ってくるところを見ると、日ごろの鬱憤をそれで晴らしているように感じる。

自分は宦官《かんがん》として後宮入りしたから、女特有の陰湿な争いからは外れているし、愛刀を常に携えていることもあり、あまり鬱屈した気分にはならない。

だが、しかし。

――絶対にあり得ないけれど、もし私が女としてここに入ったとしたら。一日だって耐えられる気がしないわ。

まだひと月も過ごしていないが、後宮での女たちの様子を思い出し、鈴苺はしみじみと思った。

「四夫人の皆、ご苦労であった。相変わらずどの演目も素晴らしく、一瞬たりとも飽きなかった。我が愛妃たちの有能ぶりをこの目で見られて、俺は嬉しい限りだ」

鈴苺が林徳妃の席付近へと戻った直後、劉銀の朗々たる声が園内に響く。

林徳妃に聞いていた話によると、毎年桃花祭の演目が終わった後、劉銀がどの演目がもっとも優れていたかの講評を述べるそうだ。

どうやら、それが始まったらしい。

「まずは姚淑妃。例年通り、素晴らしく可憐な舞であった。天界の桃の精が地上に降り立ったのではないかと、見まがうほどであった。そして梁貴妃。女官たちの演技力の上等さは、きっと並大抵の役者でも敵わないであろう。また、衣裳や舞台装置も華美で大変見ごたえがあった」

姚淑妃、梁貴妃のほうへと視線を送りながら、劉銀がいつものように鷹揚な様子で述べる。

そこまで話すと、彼は一呼吸おいてからくるりと身体ごとこちらを向いた。こちら――そう、林徳妃の席のほうへ。

しかしどうも、劉銀が自分のほうを見ているような気がしてならない。

席につく林徳妃の背後に立っていた鈴苺だったが、なんとなく気後れして一歩後ずさった。

「しかし今回の主演は……やはり、白賢妃、林徳妃による合同の武の舞であったな。もちろん、ふたりの有能な妃嬪が力を合わせて取り組んだ演目だったので、もっとも優れた芸になるのは必然だろう。だが、それを考慮しても白賢妃の舞、林徳妃の二胡。……そして林徳妃の護衛の武官による舞が合わさった舞台は、圧倒的な魅力を放っていた。彼女たちに心を掴まれた者は、俺だけではあるまい？」

からかうように皆に問いかける劉銀。

拍手や歓声が湧き起こる。劉銀の発言に、皆心から賛同しているようだった。

「楽しい祭りであった。芸事に達者な女性は、内面から美しさがにじみ出る。今後も磨きをかけるように。来年も楽しみにしている」

そう締めくくり、劉銀は席についた。

その後は、内食司《ないしょくし》の女官たちが腕によりをかけて作った、宴会食が運ばれてきた。

宴の始まりだった。

桃花祭の宴は、無礼講だ。

さすがに皇帝や位が上の妃に絡む失礼を行う恐れ知らずはいないが、妃嬪や女官たちは席を自由に移動し、歓談を楽しんでいいことになっている。

「これで勝ったと思わないでよね……！」

宴会が始まってそうそう、元々林徳妃と席が近かった梁貴妃が、刺々しい声を放ってきた。

「別にそのようなことは思っていませんわ。そもそも何もしていない人に勝ったとか負けたとか……。それ以前の問題じゃなくて？」

おいしそうに餃子を頬張りながら、いつも通り理知的な返しをする林徳妃。梁貴妃の言いがかりや嫌味には、いつも平然と対応する彼女であった。

――確かに。梁貴妃様、女官に全部やらせて自分は座っているだけだったものね。そもそも勝負以前の問題だわ。

鈴苺は密かに林徳妃に賛同する。

「べ、別に何もしてないわけじゃないわよ！　わ、私が見守ることで女官たちの身が引き締まるの！」

「あら、それは大層なお仕事ですわね。まあ、陛下は女官たちのことしか見ていなかったようですけど。講評では女官の演技と衣裳、舞台装置のことしか話していなかったものね～。陛下は芸事に達者な女性は美しいとおっしゃっていたけど、何もできないあなたはそろそろ……ねぇ？」

「そ、そろそろって⁉　私が捨てられるっていうの⁉　そんなことないわよね⁉　ね、ねぇちょっと！」

意地悪く煽る林徳妃に、思い当たる節しかない梁貴妃は、青ざめた顔で詰め寄る。

縋るように詰問する梁貴妃だったが、林徳妃は小馬鹿にするような笑みを浮かべたまま、「さあ？　知らないけれど」なんて、要領の得ない回答しかしない。

——梁貴妃様、相変わらずねぇ……。毎回林徳妃様にやり返されるのに、なんで懲りずにいちゃもんをつけてくるのかしら。

やっぱり、実は懇意にしたいのでは……と、涙目で林徳妃に追い縋る梁貴妃を見て、鈴苺が思っていると。

「……おい、鈴鈴」

低く涼やかな男性の声で呼ばれた。梁貴妃の護衛の、光潤だった。

なぜか苛立ったような面持ちをしていた。

心当たりのない鈴苺は、身構える。

「な、なんですか？」

「……やはり。間近で見ても、どこからどう見ても……そうとしか見えない」

「えっ？」

「そなた、本当は女なのではないのか⁉　そうなんだろう⁉」

真正面から見つめられながら、強い口調で光潤に言われ、鈴苺の肝は一瞬で氷点下まで冷えた。

――ま、まさか⁉　バレた……！

「え、な、なぜです⁉」

「だって、そんなかわいい……じゃなかった、そんな女装が似合う宦官《かんがん》など、いるはずがないであろう⁉」

なぜ赤面しているのかは分からないが、光潤のその口ぶりは、確証を掴んでいるかのような強さを感じた。

――や、やっぱり。一応女だし、林徳妃様の衣裳選びや女官たちの化粧技術のすばらしさで、ちょっとかわいくなってしまったんだ……。いや、でもダメよ、認めたら。なんとか誤魔化さないとっ！

「い、嫌だなあ光潤様ってば。そんなわけないじゃないですかあ」

「だが、今のそなたはどこからどう見ても！　いや、むしろ普段からわりと、その、かわいい……じゃない、女のような体つきではないか！」

「だから違いますってば。武家出身で長身の白賢妃様ならともかく、かよわい女性に、私のように刀を振り回せる人がいるはずがないではないですか。しかも妃嬪の護衛など、女性には危険すぎます。女性を大切に扱う陛下が、そのようなことを許すはずがありません」

言っていて悲しくなってくる。

劉銀は自分を女だと知っていながら男装などという無茶ぶりをして、林徳妃の護衛をさせているのだから。

しかし、鈴苺を女だと疑ってかかっていた光潤には、鈴苺の今の発言はなかなか説得力があったようだった。

「む……。まあ……確かに。それも、そうか」

先ほどまでの勢いをなくし、首を捻りながら呟く光潤。

しかしまだ完全には納得していないようで、鈴苺を観察するように眺めては「いや、だがしかし……」「このような宦官《かんがん》が、本当にいるのか……？」なんて、ぼそぼそ独り言を言っている。

――これ以上、じっくり見られたら本当にバレてしまうかも……！

と、なんとか光潤から逃げる口実を探す鈴苺だったが。

「光潤！　他のところへ行くわよっ！」

梁貴妃の鼻声が響いてきた。

宝石のような瞳を潤ませて、大層情けない顔をしている。鈴苺が光潤と会話している間に、林徳妃に滅多打ちにされて心が折れたのだろう。

――ふぅ、助かった。

不審げに自分を観察する光潤から逃れられそうで、鈴苺は胸を撫でおろす。光潤は、半眼で鈴苺を一瞥した後――

「……おかしいのは俺か」

と、低い声で呟いて、梁貴妃のもとへと戻っていく。その後ろ姿は、なぜか肩を落としているように見えた。

――なんで光潤様ががっかりしているのかは分からないけど。なんとか誤魔化せた、よね……？

やはり不安は消えず、遠ざかる光潤の背中をなんとなく眺めていると。

「鈴鈴！」

またもや、男性に呼ばれた。今度はとても聞き覚えがあり、懐かしさすら覚える声だった。

しかし、駆け寄ってきた祥明が、やけに落ち着かない様子だったので鈴苺は首を傾げる。

「祥明。どうしたのですか、慌てた様子で」

祥明は、鈴苺の肩を両手でがしりと掴み、やはり焦った様子で言う。

「ああ、やっと会えた！　本当はもっと早くお前のところに来たかったんだけど、劉ぎ……陛下の酒にお付き合いしていたら、時間を食っちまった」

「なぜ？　なぜ、私のもとに来る必要があったのですか？」

「いや、だってお前！　まさか、あんな格好をするなんて……！　見た瞬間倒れるかと思ったわ！」

「あ、似合わなすぎてってことですか？　ですよねー。みんなお世辞で似合うって言ってくれるんですけど、やっぱり私には……」

「いや、違う！　似合っている！　恐ろしいほど似合っているけども！　とにかくこの格好はもうしちゃダメだ！　絶対ダメっ」

ぶんぶんと、大きく首を横に振りながら、なぜか鈴苺の女装（正確には女装ではなく、性別的にはなんらおかしくない格好）について、今後の禁止を強く主張してくる祥明。

「似合っているのにダメなのですか……？」

「ダメ！　だって今、光潤に絡まれてなかったか⁉」

「えっ……？　まあ、絡まれてたと言えば絡まれてたのかな……」

「ほれ見たことか！　まったく危なっかしい……！　とにかくやめておけ！」

「なんでよー？　すっごくかわいいのに」

鈴苺と祥明のやり取りを傍らで聞いていたらしい林徳妃が、不満げに言う。すると祥明は、やたらと力を込めてこう返した。

「かわいいからダメなんです！」

「あら、あんた。なかなか嫉妬深いのね。っていうか、あんたにそんなこと言う権利はあるのかしら？」

林徳妃はくつくつと笑う。

——よく分からないけど、別に好きでこの格好をしているわけじゃないから、自分からやることなんて絶対ないんだけどな。だから禁止にされるのは別に構わないけど、なんで祥明がそんなことを言ってくるんだろう？　……あっ、もしかして光潤様に女だってバレそうになったのを、察したのかしら？

「大丈夫です、祥明。光潤様はもうこの件については疑っていないはずです」

周囲に大勢女官たちがいるので、男装して宦官《かんがん》のふりをしている件については、ぼかして鈴苺は言う。

だが祥明は、いまだに気が休まらない様子で、鈴苺に詰め寄ってきた。

「……甘いんだよ鈴鈴。愛に性別など関係ないという主義の者だって、ここには少なからず存在するんだぞ」

「それは、男性の祥明様が宦官《かんがん》の鈴鈴様を愛していらっしゃるようにですか？」

林徳妃の御付の女官がうっとりした様子で言った。鈴苺の本当の性別について、知らない女官だった。

「え……？」

女官の突飛な発言に、祥明は乾いた声を漏らす。

しかしその女官の周囲には、彼女と同じように恍惚とした面持ちの女が何人もいて、口々にこんなことを言い出した。

「男らしい祥明様と、美少年の鈴鈴様との愛……。ああ、なんて素晴らしい！」

「私、想像しただけで包子《パオズ》三つはいけますわ！」

「先ほど光潤様も鈴鈴様に迫っているように見えましたわ！　美男子の三角関係なんて……！　おいしいにもほどがあります！」

「どうやら、鈴鈴と祥明、光潤の様子を見て、そういう嗜好の女たちが食いついているみたいよ」

女官たちの様子を見て、林徳妃が呆れたように笑いながら言った。おもしろがっているようにも見える。

三人の武官の中で痴情のもつれがあると女官たちが想像していると察した祥明は、慌てて否定する。

「い、いや！　俺はそうじゃない！」

「隠す必要はありませんわ祥明様！　あなたがおっしゃった通り、愛に性別など些細なことなのです！」

「そうですとも！　是非とも光潤様の魔の手から鈴鈴様をお守りください！」

「私としては横恋慕する光潤様が祥明様から奪う展開もありですわっ」

「だ、だから俺は違うって！　り、鈴鈴！　とにかくあの格好はもうダメだからな！じゃ！」

鼻息を荒くする女官たちから逃亡するように、祥明は立ち去った。

女官たちの言っていることも、祥明が何をあんなに否定していたのかも、よく分からない鈴苺は眉をひそめる。

「別に、言われなくても自分からあんな格好はしないけれど……」

「そうなの？　せっかくかわいいのにもったいないわね」

「……いや、私はほら。宦官《かんがん》ですから」

一応。と心の中でこっそりとつけ加える鈴苺。林徳妃はつまらなそうに口を尖らせた。

その時だった。嫌な視線を背後から感じて、鈴苺は振り返る。殺気ともいえるほどの、鋭く、そして憎悪を感じる視線だった。

「え……」

視線の主が意外な人物だったので、鈴苺はたじろぐ。

姚淑妃だった。二十代後半という実年齢にもかかわらず、どこからどう見ても幼女にしか見えないという、妖精のような妃。

四夫人の中で、鈴苺がもっとも関わっていない人物だった。林徳妃と会話している場面にも、いまだ立ち会えていない。

同じ時期に後宮入りした白賢妃を姉のように慕っている、舞の達人、ということくらいしか、鈴苺は彼女について知らない。

そんな姚淑妃が、眉を吊り上げて血走った目でこちらを睨みつけていた。そして、その可憐な姿からは想像できないほどの、禍々しい気配を放っている。

たかが宦官《かんがん》風情の自分が皇帝の寵姫に睨まれる覚えもないので、林徳妃を見ているのだろうと思ったが、違った。

――私を、見ている。

姚淑妃は一直線に鈴苺を見ていた。気圧されて後ずさった鈴苺に対しても、執拗に視線を合わせてきた。

鈴苺と目が合っても、数秒間は目を逸らさなかった。

女官に呼ばれて、やっと姚淑妃は鈴苺に殺気を浴びせるのを止めた。女官と会話を始めた彼女は、いつもの愛らしい幼女のような表情に戻っていた。

――一体、なんだったのだろう。

白賢妃とともに演目に出たことに嫉妬したのだろうか。

だがそれならば林徳妃も対象だ。それにたったそれだけのことで、あれほどの殺意を込めた視線を送る理由が分からない。

「鈴鈴、どうしたの？」

挙動不審な鈴苺に、林徳妃が尋ねてきた。

――姚淑妃様は、林徳妃様ではなく私に視線を送っていた……。私の護衛対象の徳妃様には、関係のないことよね。

そう思った鈴苺は、笑みを浮かべて「なんでもないです」と答えたのだった。


祭りの後、夏蓮宮に戻ると、宮の入り口になくなっていたはずの二胡が置かれていた。無造作に放置されていたが、幸いにも破損はなかった。

「梁貴妃が戻したんだわ。嫌がらせはしたいけど、壊すようなひどいことはできなかったのね。……相変わらず小心者ね」

二胡を見て林徳妃が呆れたように笑って言う。

盗んだ二胡を律儀に返しにくる梁貴妃を想像した鈴苺は、その姿がなんだかかわいらしくて笑みがこぼれてしまった。

第五章　白薔薇の下に

桃花祭の後、女官の行方不明事件の解決の糸口は掴めないまま、数日が過ぎた。

林徳妃や女官たちは、じきに開催される百合節という催しの準備で大忙しだった。

桃花祭が終わったばかりなのに、また宴が行われるのかと鈴苺は驚いたが、後宮では時節にちなんだ行事が頻繁に行われるらしい。

「だって、そうでもしないとここでやることなんてないもの。無理やり理由をつけて催しを開いて、女たちは暇をつぶすしかないのよ」

なんて、林徳妃は祭り用の衣裳を選びながら自嘲気味に言っていた。

なるほど、そういうものなのかと鈴苺は思うと同時に、やはり自分は女として後宮入りなんてしていたら、一日だって持たないだろうなと苦笑を浮かべるのだった。

その日の夜、劉銀が林徳妃に夜伽《よとぎ》を命じた。

月の障りはなかったが、普段とは異なる折らしく、林徳妃は「陛下、どうしたのかしら」と呟いていた。

予想外の命に、夏蓮宮の女官たちは林徳妃を磨き上げることに大忙しだった。

湯殿で隈なく磨き上げられた体には香油を塗られ、顔には念入りに白粉《おしろい》をはたかれた林徳妃。

そして現在、最後の仕上げとばかりに、手先の器用な女官に御髪《おぐし》を複雑に結われていた。

長時間されるがままになっている林徳妃の傍らに立つ鈴苺は、「相変わらず大変ね」と、こっそり憐れみの目を向けていた。

「髪なんて、どうせ崩れるんだから適当でいいのに……」

「何をおっしゃいます！　寝所に陛下がご入室された時の、最初の印象が大事なのですわ！　そこで可憐だと思っていただけたら、また近いうちに御渡りになるに違いありません！」

「ああ、そう。うん、そうね。私が悪かった、うん」

疲れた顔で愚痴を吐いたら、さらに疲れるようなことを女官に言われたため、反論する気は起きなくなったらしい。

林徳妃は投げやりに言葉を紡ぐ。

そんなこんなで準備が整い、香を焚いた寝所に林徳妃は押しこめられた。その扉の前で、帯刀した鈴苺は警護をする。

薄い扉なので、この場所にいたら否応なしに情事の気配を感じてしまうだろう。

しかし、いつ、何時、皇帝と愛妃が危険にさらされるか分からない。

夜伽《よとぎ》の最中の警護は、武官にとってはもっとも重要な仕事と言っても過言ではない。

「陛下がいらっしゃいました」

女官のそんな声が響いた後、祥明を従えて、劉銀がやってきた。

以前に執務室で会った時は「祥明と俺だけの時は、かしこまらなくていい」と言われたが、現在は密室ではないので念のため鈴苺はその場で平伏する。

すると、「鈴鈴、楽にしろ」との声が頭上から響いてきたので、言われた通りに立ち上がった。

「林徳妃様がお待ちでございます」

「うむ。お前たちふたりは、ここで警護を頼む……と、言いたいところだが。ちょっと、ふたりも一緒に寝所に入ってくれないか」

「えっ……⁉　なぜです？」

劉銀の思わぬ提案に、鈴苺は驚きの声を漏らす。

「いや、先にお前に話しておきたいことがあるのだ。また執務室に呼びつけてもよかったのだが、最近後宮に渡っていなかったことを宰相に咎められてな」

「話……？　あっ」

――たぶん、女官の行方不明事件に関わることだわ。

察した鈴苺だったが、女官がうろつく廊下でそれを示唆する発言をするわけにはいかない。誰が聞いているのか分からないのだから。

祥明はあらかじめ聞いていたらしく、「早く御子をって、周りがうるさいからな。夜伽《よとぎ》のふりして俺たちに話しておこうってわけよ」と、説明を付け加える。

「承知いたしました。では、ご一緒に入室させていただきます」

劉銀を先頭に、寝所の中に入る三人。寝台に座っていた徳妃は、鈴苺と祥明の姿を見るなり、苦笑を浮かべる。

「変な頃合いだとは思っていたのだけれど。夜伽《よとぎ》が目的じゃなかったのですね」

「すまない蘭玉。内密の話をすると周囲に悟られないためには、こうでもするしかなくてな」

「はいはい、大丈夫ですよ」

皇帝と妃嬪のひとりという関係にしては、随分軽い話し方をする林徳妃。

鈴苺よりも劉銀との付き合いが長いらしい彼女は、きっと鈴苺以上に率直な物言いをすることを許されているに違いない。

四人は寝台の傍らの卓に着く。

「察してはいると思うが、女官行方不明事件に進展があった」

早速本題に入った劉銀だったが、やはり予想通りの内容だった。

「進展とは……どのような？」

「先日、鈴苺が保護した女官のことだ。まだ、会話ができる状態ではないのだが、回復には向かっている。しかし担当の医官が妙なことを言っていてな」

「極度の貧血症状があることは最初から分かっていたんだけど、どうやら血を抜き取られていたらしいんだ」

劉銀の言葉に、祥明が説明を付け加える。

「血を……⁉　一体、なぜ」

予想外のことに鈴苺が驚きの声を漏らすと、劉銀が懐から一冊の書物を取り出した。

「なぜかはまだ調査中だが、この本がもしかしたら手掛かりになるかもしれん」

変わった装丁の本で、表紙は分厚く固い厚紙でできている。装画は裸体の男女が立っている絵だった。

しかし、やたらと細部まで描かれているためか、卑猥な印象は薄い。

華国で流通している紙とは、質感が大きく異なっていた。

表紙もこの辺りでは墨で描いた簡素な絵の本が多いが、この本の絵柄はあまりにも緻密で写実的だった。

外交関係に明るくない鈴苺でも、なんとなく分かった。この書物は、外《と》つ国、それも西のほうのものだ。

すると林徳妃が、本をぱらぱらと捲りながら呟いた。

「あらこれは。何か月か前に西の国から来た妃嬪が、貢物としてくれた本だわ。私も持っているわよ」

「うむ。俺のもとにも貢がれたものだ。その妃嬪に聞いたところ、俺と四夫人にだけ献上したらしい」

「しかし、何が書いてあるのかさっぱり分かりません……」

鈴苺は渋い顔をして言う。華国の文字とは違い、横書きで波のような文字が描かれていた。

「そうよねえ。私もさっぱりで。でも内容は気になるから、機会がある時に贈ってくれた姫に聞きにいこうかなとは思っていたんだけどね」

「残念ながら、俺にも読むことはできん。しかし外《と》つ国の学問には興味があるので、書物を手に入れたら毎回言葉の分かる者に翻訳を頼んでいる。今回も、献上してくれた妃嬪に訳を依頼し、今半分くらい済んだところだ。それで、書かれていた内容だが、どうやら女性の美容や医学に関する本のようだ」

妃嬪は皆、美容と健康に何よりも関心がある。だからこそ、西の国の妃嬪は四夫人にこの書物を贈り、取り入ろうとしたのだろう。

「具体的にどのようなことが書かれていたのですか？」

鈴苺が尋ねると、劉銀は神妙な面持ちでこう答えた。

「……思ったよりも危険な本だった。西の姫もあまり読まずに俺たちに献上してしまったらしく、謝っていた。もちろん咎めるつもりはないが」

「危険って？」

祥明の問いに、劉銀は眉間に皺を寄せて言いづらそうに言った。

「……人の生き血を、身体に塗りたくったり、飲んだり……そのような描写があった。若い女の血を薬として使うことへの可能性を探っているような記述もあった。女の健康や美容に、生き血が効果的なのかもしれん」

「えっ……」

鈴苺は驚きの声を漏らした。

医学の分野では、西の外《と》つ国は華国よりも二歩も三歩も進んでいる。その国で発行された書物に、人血に医学的有効性があると書かれているのなら、まず間違いないのではないか。

――健康や美容に効果的……。梁貴妃が絶世の美貌を保つためにとか、姚淑妃の不自然な若々しさが血によるものだとか、年長の白賢妃が肌の劣化を気にしてだとか……。うーん、三人ともまったく可能性がないとは言えないわね。

そんな風に鈴苺が考えていると、林徳妃が書物を眺めながらこう言った。

「本当だわ……。書物の前半に、それらしい挿絵もあるわね。それならばやっぱり、女官をかどわかしている人物は、血を抜いて薬に加工しているのかしら？　健康や美容目的で」

「うむ。その可能性が出てきた。しかし最後までまだ翻訳させていないから、ひょっとしたら結論は違うのかもしれない。そしてこの本は俺と四夫人にしか献上されていないとのことだから、やはり俺と林徳妃以外の三人が容疑者となってしまうな」

「あ、でも梁貴妃は可能性低いんじゃねーか？　だってあの人、血を見ると失神するって前に光潤が言ってたぞ」

——何それ、かわいい。

祥明の言葉で梁貴妃が血液を見て倒れる姿を想像し、鈴苺は思わず頬を緩ませた。

「いや……しかし、下の者に血抜きから調合までをさせ、当人は生臭い場面を見なければ問題ないだろう。……まあ、梁貴妃はああ見えて気弱でかわいいから、こんなこと思いつきもしないと願いたいがな」

「……まぁ、気弱と言えば気弱よね」

かわいいは賛同できないけど。

ごく小さな声でそう呟いた林徳妃。

傍らにいた鈴苺がかろうじて聞こえたので、きっと劉銀には聞こえていないだろう。

いや、聞こえた上で素知らぬ顔をしているのかもしれない。

――いろいろな女性を相手にするのも大変よね。

我の強い女ばかりの四夫人の面々を思い出しながら鈴苺は思う。

しかしそれにしても劉銀は、林徳妃はもちろん、梁貴妃のこともちゃんとかわいがっている節がある。

性格に難があることは承知しているようだが、それも彼女の魅力のひとつ、くらいに思っているような、大らかさがあった。

歴代の皇帝の歴史を振り返ると、後宮の女など愛妃以外はもののように扱っている男も多い。

しかし劉銀は、行方不明になった位の低い女官の身すら、心から案じている。

――そんなあなただから、男装して宦官《かんがん》になれなんて無茶な要求も、聞いてやろうと思ったのよね。

と、心優しい少年だった幼いころの劉銀を、ぼんやりと鈴苺は思い起こした。

「じゃあ、あとは……。白賢妃は、こんなことしそうにないよな。弱い女をさらって血を抜いて……なんて、人を傷つけるような真似、嫌いなんじゃね？」

祥明の言葉に、鈴苺は深くうなずいた。

「ええ、私もそう思います」

「そうなると、姚淑妃ってことかしら？」

「うーん。まあ正直、四夫人の中で一番何考えてるか分かんねーよな……。いつも子どもみたいな顔で笑ってるとこしか見ねえし。……まあ、劉銀に対しては違うのかもしれないけど」

「……いや、正直俺も彼女についてはあまり掴めない。梁貴妃は感情が手に取るように分かるし、白賢妃も根が真っすぐなのである程度は想像できるが……。姚淑妃はあの微笑みの裏で何を考えているのか、想像がつかん。まるで仮面でも被っているかのようだ」

――いつも笑っている、微笑みの裏……。

祥明と劉銀の彼女に対する印象の中に、彼女が常に笑みを浮かべているという内容があったが、鈴苺は笑顔ではない彼女を目にしたばかりなので、戸惑っていた。

――この前私に向けられた、憎悪で満たされたような、禍々しいあの視線は一体何だったのだろう。

しかもそれを、ただの武官である自分にぶつけてきたのだ。

「どうした、鈴鈴」

押し黙って考えていたら、劉銀が不審に思ったらしく尋ねてきた。

――一瞬睨まれただけのこと。事件に関係あるわけじゃ、ないわよね。

そう決めこんだ鈴苺は、「いえ、なんでもないです」と答える。

「しかし、姚淑妃についても決定的な動機は思い当たらないな。先日、淑妃の宮である秋菊宮《しゅうきくきゅう》から遠く離れた薔薇園で目撃情報があってな。なんでそんなところにいたのか聞いてみたら『白賢妃のところに遊びに行っていました』と言っていた。薔薇園は白賢妃の宮と近いし、あのふたりは仲がいいので不審な点はない。念のため付近を捜索させたが、怪しいものは見つからなかったし」

渋い顔をして劉銀が言う。

結局今回も主犯については絞りこめなかった。

「……結局、男の俺ではやはり女の腹の内は読めん。四夫人は皆俺を慕ってくれているが、心の裏側まで見抜くのは難しい。——林徳妃、鈴鈴。ふたりで協力して、引き続き真相を探ってくれ。またこちらで分かったことがあれば、伝える」

「仰せのままに」

「承知いたしました」

林徳妃に倣って頭を下げる鈴苺。

その後、劉銀は鈴苺と祥明を寝室から下がらせた。

結局同衾《どうきん》するらしい。

——ここで護衛するの、なんだか気まずいわね。

鈴苺と祥明は、交代で寝所の護衛を行うことになる。

しかし、扉を一枚隔てた場所で劉銀と林徳妃の夜伽《よとぎ》が行われていると思うと、気恥ずかしくなってしまう。

「祥明。どうしましょうか？　私が先に見張りを行いましょうか？」

「俺はどっちでもいいけど……って、そんなことより。昼間も言ったけど、お前あの格好もうダメだからな。絶対だぞ」

「えっ？　いや、だからもうしないって言ったじゃない……。したくてやったわけじゃないですし」

――林徳妃様はまたやりたそうだったけれど。

なんてことを言ったら、祥明はさらに面倒なことを言ってきそうなので、黙っておくことにする。

「本当かよ」

「本当ですってば。しつこいですよ」

「だって心配じゃん。光潤、明らかに変な目でお前のこと見てたし」

「そりゃ、宦官《かんがん》が女装してるんだから変な目で見ますよ、普通」

「そういう意味じゃない。あいつ、明らかにお前に恋情を持ってるぞ」

「れ、恋情⁉　そ、そんなわけないじゃな……」

「あんな姿、他の奴に見せるな」

そう言った祥明は、鈴苺をじっと見つめながら急に頭を撫でてきた。

幼いころから、祥明はこうして鈴苺の髪の毛を撫で回すことがよくあった。父に怒られて落ちこんでいた時や、立ち合いで敗れて悔し涙を流していた時、三歳年長の祥明は、幼い鈴苺をこうやっていつも宥めてくれたのだった。

しかし、なんだか今日はいつものそれとは違う気がする。

祥明の視線が妙に艶っぽい。

これまでは、幼子を「仕方ないなあ」とあやすような雰囲気だったというのに。

――祥明、どうしたんだろう。

不思議に思った鈴苺は、思わず祥明を見つめてしまう。

「……あんまり見んなよ。俺も男なんだが」

祥明の言葉の意味がまったく分からなくて、鈴苺は戸惑う。

細めた目は熱を帯びているようだった。

射貫くようにぶつけられた視線は、目を逸らすことを禁じられているように思えるほど、強い。

「……今まではずっと、お前の周りには俺しかいなかったから呑気なものだった。だけど劉銀も光潤もいる危険な後宮にお前が来て、俺は改めてお前への気持ちを実感したよ。正式にそういう関係になるまでは、指一本触れる気はなかったんだが。こんな状況で、俺だって我慢できなくなるわ」

「え……あの？」

祥明から紡がれた言葉は、やはりまったく理解できない。いつも余裕綽々《しゃくしゃく》の様子の祥明が、どうも今日はおかしい。

前提として、幼いころから兄妹のように過ごしていた彼が自分を女として見るわけがないという思いが鈴苺の中に強く存在している。

だから、明らかに迫っている祥明の言動も、鈴苺にとってはわけの分からないものでしかなかった。

鈴苺はきょとんとした面持ちで、祥明を見つめ返すことしかできない。

彼は鈴苺の頬にそっと触れると、そのまま顎に手をかけた。そしてゆっくりと、顔を近づけてくる。

――何をしようとしてるのだろう。まさか……？

祥明の唇が近づいているのを見て、さすがの鈴苺も「接吻しようとしている？」という想像が頭をよぎった。

しかし「いや、そんなわけないよね」とすぐさま否定が浮かぶ。自分たちは、そんな関係ではないはずなのだから。

しかし、いよいよ祥明の唇が鈴苺のそれに触れそうになった——その瞬間だった。

「取りこみ中悪いが。祥明、戻るぞ」

傍らから、冷涼な声が突然響いて、鈴苺は飛び跳ねるほど驚いた。

いつからそこに立っていたのか、声の主は林徳妃の寝室にいるはずの劉銀だった。

「……徳妃様との夜伽《よとぎ》は、もう終わったのかよ」

恨みがましそうに劉銀を睨みつけながら祥明が尋ねると、劉銀はふっと鼻で笑って
こう答えた。

「ん？　言ってなかったか？　今日は夜伽《よとぎ》はせず、碁を一局打つと。聡い林徳妃はこの遊びが好きでなあ。前回から約束していたのだよ。祥明には話していたと思ったがな」

「一切聞いてないけどな。それに一局にしては随分早いじゃねーか」

なぜか、白々しい口調の劉銀と、引きつった笑みを浮かべて苛立ったように答える祥明。彼らの間には、刺々しい空気が流れているように鈴苺は感じた。

「嫌な予感がした。だから早々に決着をつけて出てきた」

「……そうかい」

——嫌な予感？　なんだろう？

見当がつかない鈴苺だったが、祥明はそれについて理解しているようだったので、

問わなかった。

「まあ案の定だ。自分の勘の鋭さが怖いな」

「邪魔しやがって……」

「……？」

ふたりの言わんとしていることが鈴苺にはまるで分からない。

――嫌な予感、案の定、邪魔しやがって？　どういうことなんだろう。

しかし劉銀が寝室から出たということは、彼らは皇帝の住居である華宮へと戻るのだろう。

首を傾げている鈴苺を、すれ違いざまに一瞥して劉銀は微笑むと、すたすたと歩いていく。

「……続きは今度な」

祥明はばつが悪そうに微笑んで言うと、劉銀に慌てて駆け寄る。

並んで歩きながら、何やら言い合いをしているようだが、会話の内容までは聞こえなかった。

鈴苺は、ぼんやりとふたりの背中を見ながら「続きってなんの？」と首を傾げる。

――接吻しようとしてる!?　って一瞬思ったけれど、やっぱりそんなわけないわよね。

とも思いながら。

あくる日、姚淑妃から林徳妃に、茶会の誘いが来た。

「彼女からサシで誘いが来るなんて初めてだわ。白賢妃とはよくふたりで戯れてらっしゃるようだけど……」

茶会に持っていく茶菓子を、桜雪とともに選びながら、林徳妃は眉をひそめている。

「姚淑妃様、娘々に何かお話ししたいことでもあるのでしょうか？　牽制したいこととか……」

「あー。もしかしてやっぱり、白賢妃と仲よく桃花祭の演目をやっちゃったから、そのことかもねー。『私のお姉様に近寄らないで！』ってやつかしら？」

「なるほど……。後宮の女の中ではよくある出来事ですわね」

林徳妃と桜雪の会話に、またまた面倒な後宮の悪弊《あくへい》だなと鈴苺は辟易する。

男性に囲まれて育った鈴苺は、やはりその手の女の駆け引きにはついていけない。

——劉銀の寵愛が欲しくて争うのはまだ理解できるけれど、女同士の関係も間違うといざこざが起こってしまうのね。

林徳妃が皇后になりたくないというのも、だんだん分かってきた気がする。

茶菓子の用意が整い、姚淑妃の宮である秋菊宮に赴く三人。

夏蓮宮とはかなり距離があり、途中桃花祭が行われた桃園、今度百合節が開催される予定の百合園、薔薇園など、いくつかの庭園を横目に歩いた。

到着すると、姚淑妃付きの女官が「ようこそお越しくださいました。姚淑妃様がお待ちです」と、丁寧な様子で茶室まで三人を案内してくれた。

茶室では、姚淑妃が席についていた。林徳妃が入室すると、立ち上がりかわいらしく笑みを浮かべる。

「林徳妃様。突然のお誘いなのに、来ていただけて嬉しいですわ」

「いえ、とんでもございませんわ。お誘い大変嬉しかったです。姚淑妃様、ありがとうございます」

恭しい様子で、無難な挨拶を交わすふたり。その間、鈴苺はずっと林徳妃の斜め後方で、気を張っていた。

――他の妃嬪の宮なのだから。何が起こっても対処できるように、警戒していないと。

祥明も、そして劉銀ですら、姚淑妃のことを「何を考えているか分からない」と言っていたのだ。

護衛も、こちら側の女官もいるこの場でさすがに襲撃などは考えにくいが、不測の事態に備えておくにこしたことはない。

しかしそれにしても。

――初めて他の妃嬪の宮に入ったけれど、こうも内装に個性が出るものなのね。

姚淑妃と鈴苺が対面したのはこれで三度目だが、いつも濃い桃色の衣裳を着ている。実年齢はさておき、童女にしか見えない彼女にはそれがとてもよく似合っているのだが、まさか宮の内装までほぼ桃色で統一されているとは驚きだった。

天井は躑躅色《つつじいろ》、壁は鴇色《ときいろ》。

調度品まではさすがに桃色ではなかったが、西の外《と》つ国から輸入したらしい人魚の像や、水菓子の彫刻など、幼女が好みそうな造形のかわいらしいものばかりだった。

――姚淑妃様のご趣味を、これでもかってほどに反映させた空間なのね。

ちなみに林徳妃の宮である夏蓮宮は、壁も天井も白磁色で、調度品は劉銀からの贈りものを思い出したかのように数個飾っているだけだった。

鈴苺は、自分の主が林徳妃でよかったと心から思う。桃色は嫌いではないが、さすがに辺り一面それだと目がちかちかしてしまう。

「こちら、梁家から届いた茘枝《ライチ》ですの。今が丁度旬で、とても甘く食べごろですわ」

「あら、嬉しい。茘枝《ライチ》は私の好物ですの。ありがとうございます。私は、貢物でいただいた金緑茶をお持ちいたしましたわ。最初は青色なのですが、檸檬の汁を入れると、淑妃様の大好きな桃色に変わりますの」

「まあ素敵！　さっそく侍女に淹れさせますわね」

和やかな会話で始まったふたりの茶会。茶と菓子の用意が整ってからも、ふたりは終始笑顔で話をしていた。

最近食べておいしかった菓子、おすすめの化粧品や香油、もうじき行われる百合節で着用する衣裳。

会話の内容はいずれも煌びやかだった。贅をつくした環境に置かれている、皇帝の寵姫同士だからこそ可能な上流階級の会話。

あまり興味のない鈴苺は、ほとんど聞き流しながらも、周囲を警戒する。

——こう言っては失礼かもしれないけれど、あまり中身のない会話のようね。姚淑妃様が林徳妃様を単独で茶会に誘うことが今までになかったということだったから、構えてしまったけれど……。本当に、ただ楽しく話したくて招待しただけだったのかしら？

などと、楽観的に考え始めたころだった。

「林徳妃様は、本当に二胡がお上手で。この前の桃花祭でも、その音色に感激いたしましたわ」

「あら、嬉しいですわ。ありがとうございます。姚淑妃様の舞も、相変わらずとても可憐で。本当に桃の精が目の前に現れたのかと思ったくらいですわ」

「まあ、お上手！　でも、私は踊ることしか芸がありませんもの。だから例年同じ舞しかできなくて……。林徳妃様は、今年は趣向を変えたようでしたが」

わずかに舌足らずな高い声。横髪を指で弄ぶかわいらしい仕草。

一見、姚淑妃の様子は今までと変わらなかった。だが、鈴苺は敏感に変化を感じ取り、彼女を注視する。

――言葉の端に、一瞬棘のようなものを感じた。

「ああ。あれは……。当初は私も例年と同じく、女官と一緒に二胡を合奏する予定でしたの。ですが、不測の事態が起こってしまいそれができなくなってしまって。困っていたところ、白賢妃様が合同で演目をやろうと、お声がけくださったのです」

「そうでしたか。優しく気高い彼女が考えそうなことですわね。……ですが、嫉妬してしまいますわ」

「えっ……？　私にですか？　いえいえ、あなたと白賢妃様の仲睦まじさは、後宮中の者が知っております。当然、私も。百年の知己《ちき》と称してもおかしくないあなた方の間に、入りこむ気など毛頭ございませんわ」

林徳妃は、軽い口調で言う。だが、彼女も姚淑妃の変化には気づいているようで、背筋を今まで以上に正している。

「違うわ。私が言っているのは……林徳妃様の背後に立っている、その卑しい宦官《かんがん》風情のことよ」

鈴苺を顎で指しながら、つっけんどんに言う。

すでに言葉遣いも丁寧さを失っており、彼女の苛立ちが鈴苺に突き刺さってきた。

「私だって、お姉様をお誘いしたのに。今年は趣向を変えて一緒に舞いませんかって。でも断られた。『可憐なあなたに無骨な私は合わない』って。そう言われて納得していたのに、どうしてこんな宦官《かんがん》なんかと」

「……ですからそれは、不測の事態で。白賢妃様は、私たちを憐れんで手を差し伸べてくださっただけだと思いますわ。決して姚淑妃様を差し置いて、なんてことは……」

「――林徳妃様。あなただけなら、私だってそう思ったわ。だけど……だけど！　そこの宦官《かんがん》と関わってから、お姉様は楽しそうで！　武術について語り合える仲間ができた、って！」

宥める林徳妃だったが、それを振り切るように姚淑妃は叫ぶ。

ぎりぎりと唇を噛みしめ、ありったけの憎悪をかわいらしい双眸《そうぼう》に込め、鈴苺を見据える。

林徳妃と桜雪が、不安げに鈴苺を見つめてきた。鈴苺は表情を変えず、その場に叩《こう》頭《とう》した。

「――私のあずかり知らぬところで、姚淑妃様のご気分を害するような行動を取ってしまい、申し訳ありませんでした」

静かに、ゆっくりと言った。

「お姉様は気高く美しく、荘厳なお方なの！　あなたなんて、会話することすら差し出がましいのよ！　ああ、汚らわしい！」

頭を上げないままの鈴苺に、姚淑妃は口角泡を飛ばしながら金切り声を浴びせる。

姚淑妃付きの女官も、主の変貌ぶりに動揺していた。

「心得ております。私にとっては、四夫人の妃様は皆、天上人にも等しい存在でございます」

「ふん！　分かってるんならどうして一緒の舞台で舞なんて！　もう、金輪際お姉様には近寄らないでっ」

「それは白賢妃様が決めることだわ」

冷静な声が、姚淑妃の絶叫に被せるように響いた。

鈴苺は思わず顔を上げる。

いつの間にか、ひれ伏していた鈴苺の前には林徳妃が立っていた。姚淑妃と対峙するように。姚淑妃の罵声から、鈴苺を守るかのように。

「徳妃……？」

突然の林徳妃の言動に、姚淑妃は呆けた面持ちになった。

「白賢妃様が決めることだ、と言ったのよ。彼女が誰と懇意にしようが、あなたが口を出す問題ではないわ。彼女はあなたのものではないのよ」

林徳妃の言葉が紡がれていくうちに、呆然としていた姚淑妃の表情がみるみるうちに変わっていく。

眉を吊り上げ、元は薄桃色の頬が怒りで赤く染まっていった。

怒りの矛先は、林徳妃にも向かったようだ。

「うるさい……！　黙りなさい小娘っ。あなただって新参者のくせにっ！　白賢妃様の素晴らしい舞に下手くそな二胡の音なんて合わせてっ！」

あまりにも外見が幼いのでうっかり失念していたが、そういえば姚淑妃は林徳妃よりも十歳近く年長なのだった。

しかし、どちらかと言うと……いや、どちらかと言わなくても小娘な風貌の姚淑妃からそんな雑言が出ることに、鈴苺は違和感を覚える。

「ふん！　まああんたなんてどうだっていい！　私が真に気に入らないのはそこの宦《かん》官《がん》だからっ。いいこと⁉　今後、あなたは一切白賢妃様の視界に入らないで頂戴！」

――『もう少しそなたと話をしたかったが』。

白賢妃と初めて会話した時。

武術の話で盛り上がり、去り際に名残惜しそうに彼女がそう言っていたのを、鈴苺は思い起こす。

――白賢妃様は、私と話すことを心から楽しいと思ってくれた。桃花祭で一緒に武舞を演じた時も、まるで心が通じ合っているように感じて……。きっと彼女も、私とは位階など気にしない関係を、望んでいる。

「私のようないち宦官《かんがん》風情が、白賢妃様に接触する気など元より毛頭ございません」

林徳妃の前に出て、静かに、姚淑妃を見つめながら鈴苺は言葉を紡ぐ。

目を血走らせていた姚淑妃だったが、自分の意に沿った回答が聞けたためか、少しだけ頬を緩めた。

「――ですが。白賢妃様は、私と武術について話すことを楽しいとおっしゃってくださりました。ご一緒に武舞をした際も、とても楽しかったと。そんな白賢妃様の楽しみを奪う資格は、私にはございません。白賢妃様のほうから交流を望まれた場合は、喜んでお受けする所存です」

話しながら、どんどん姚淑妃が憤怒の形相に変化していくのを鈴苺は見ていた。しかし白賢妃を慕う鈴苺は、この言葉をやめるわけにはいかなかった。

林徳妃の言う通り、鈴苺と関わるか否かは白賢妃が決めることなのだ。姚淑妃がいくら彼女と親しい仲だとしても、口を出す権利などない。

「楽しかった？　お姉様がそんなこと……。言うわけないっ！　世辞のひとつも分からないのっ。本気でそんなこと、思ってるわけ⁉」

「……嘘偽りのない、微笑みに見えました」

「そんなわけないっ！　あ、あんたなんかにっ！　私のっ、私のお姉様がっ！　このおっ！」

絶叫しながら、茶が入った状態の茶杯を、鈴苺に投げつける姚淑妃。

動体視力のいい鈴苺がそれを難なくかわすと、茶杯は壁にぶつかって砕け散った。

それがますます気に食わなかったようで、姚淑妃は茶卓に載っていた皿や水菓子用の肉叉《にくさ》などを、手あたり次第投げつけてくる。

しかしがむしゃらな投げ方なためか、鈴苺にはひとつも当たらない。

その間、「娘々！　おやめください！」と姚淑妃付きの女官が彼女を制止するために取り押さえようとしていた。

しかし、あまり手荒な真似はできないのか、女官に腕を抑えられながらも、姚淑妃は暴れていた。

「り、鈴鈴！　大丈夫？」

「怪我はない⁉」

鈴苺を案じる林徳妃と桜雪。

「当たっていないので、大丈夫です。おふたりこそ、危険ですので私の後ろへ」

鈴苺が冷静に答えると、姚淑妃を取り押さえたり、茶卓のものを急いで片づけようとしたりしている女官たちが、慌てた様子でこう言った。

「り、林徳妃様！　恐れ入りますが、お引き取りくださいっ」

「娘々は少々混乱しておりましてっ。申し訳ございません！」

これ以上、自分たちの主が林徳妃に失礼を働いてはたまらないのだろう。

四夫人は対等な立場。梁貴妃のように、出会い頭に嫌味を吐くことくらいなら軽い戯れと見なされるだろうが、物理的な攻撃をして傷つけてしまったとしたら、とんでもないことになる。

四夫人は皇帝の愛妃なのだ。

皇帝のために常に美しくある必要がある。体に傷などついてしまえば、皇帝の尊厳に関わる。

姚淑妃の攻撃の対象は鈴苺とはいえ、流れ弾が林徳妃に当たらないとも限らない。

そうなってしまえば、姚淑妃は間違いなく罪に問われる。場合によっては蟄居《ちっきょ》、正《しょう》二品《にほん》以下への降格なども考えられる。

「わ、分かりました。……というわけで桜雪、鈴鈴。お暇するわよ」

「か、かしこまりました！」

「失礼いたします」

茶室の出口に向かって歩き出す林徳妃。姚淑妃やその女官に向かって、軽く頭を下げてから、鈴苺はその後に続いた。

「待ちなさいっ！　こ、このぉ！　お姉様にっ！　私の、お姉様に！　この宦官《かんがん》風情がっ！　殺してやるっ……！」

そんな姚淑妃の叫びは、茶室を出た後もしばらくの間聞こえてきたが、秋菊宮から外に出て、やっと聞こえなくなった。

「……まさかこんなことになるなんて。鈴鈴、ごめんなさいね」

しばし歩いた後、林徳妃は心底申し訳なさそうに言った。桜雪も、いたたまれないような表情をして鈴苺を見つめている。

「大丈夫です、少々驚きはしましたが。林徳妃様、私をかばってくださってありがとうございました」

ふたりに心配かけまいと、鈴苺は小さく笑って答えた。

実際、投げつけられたものはひとつも当たっていないので、怪我はしていない。

「それにしても……。いきなり茶会だなんて言うから、何かあるんだろうなあとは思っていたけれど。まさか私ではなく、鈴鈴に対する牽制だったとはねぇ」

「姚淑妃様が白賢妃様に心酔なさっているのは、周知の事実でしたが……。まさか、少し関わっただけの鈴鈴に対して、あそこまで嫉妬なさるなんて」

疲れた様子でふたりは言う。

ただでさえ、四夫人間での茶会なんて緊張するというのに、予想外の事態に直面して精神的に疲弊したらしかった。

「きっと鈴鈴が宦官《かんがん》なのと、武芸という、姚淑妃様があまり得意ではない分野で白賢妃様と関わったせいでしょうねぇ」

歩きながら林徳妃は考察する。それを聞いて鈴苺はなるほど、と思った。

──大好きな白賢妃様を私に取られる、とでも考えたのかしら？　でも所詮私は宦《かん》官《がん》なのだから、白賢妃様と関わる機会なんて限られているのに。

会話したのだって、たまたま白賢妃が棍《こん》の稽古をしていた時と、桃花祭の時だけだ。そもそも鈴苺は林徳妃の護衛なのだから、他の妃嬪に関わっている暇など本来ないのだ。

そんなこと、姚淑妃だって分かっているはず。多少の嫉妬心は抱いたとしても、癇癪を起こすほどのことだろうか。

──白賢妃様は聡明なお方なのに、姚淑妃様は……外見と同じように、幼子のような心をお持ちなのかしら。

顔を真っ赤にして暴れる姿は、駄々をこねている童女にしか見えなかった。

「それにしても……。相変わらず姚淑妃様って、お若いわねぇ」

「ええ……。確か、御年二十八でしたよね？　正直、あの方の外見は若いを通り越してませんか……？」

「そうね。その年齢で十代前半にしか見えないなんて、人間離れしているわよね。……まさかあやかしの類か何かじゃ」

「林徳妃様！　そのようなことは外でおっしゃらないようにっ」

「やーね、冗談よ冗談」

ふたりも鈴苺と同じことを考えていたようだった。

先ほどの修羅場から気持ちが落ち着いたのか、くすくす笑いながら話している林徳妃に安心しつつも、彼女の言葉に密かに頷く鈴苺。

——確かに、あやかしや妖精の類ですって言われたほうが納得できるかも。

そんなことを考えているうちに、夏蓮宮へとたどり着いた。

桃色尽くしの内装と打って変わって、落ち着いた白磁色の壁紙を見て、鈴苺もやっとほっとした気持ちになった。

姚淑妃との茶会から三日後。百合節が開催される日取りとなった。

美しい花を咲かせ、甘く濃厚な香りを漂わせる百合は、純白、清廉な印象があるためか、華国では女性の象徴とされている。

そのため、百合の満開を祝う百合節は、女のための祭りだった。

開催場所の百合園は、いかなる理由があろうとも、皇帝以外の男子禁制。主上と美しい女のみが、その祭りに参加する資格がある。

宦官《かんがん》ということで通っている林徳妃専属の護衛である鈴苺とて、それは例外ではない。百合節の間は、林徳妃と離れなければならなかった。

無防備になってしまう林徳妃の身が心配だったが、古来から伝わる祭事の掟を破るのは、さすがに気が引けた。

——まあ、本当は女なのだから別に破ってはいないのだけど。宦官《かんがん》だと思われているのだから、周りがよしとしないわよね。

『あら、また女装すればいいじゃない。鈴鈴だって分からないように濃い化粧をして』ととても楽しそうに林徳妃に言われたが、断固お断りした。

——もう、あの格好はまっぴらごめんだわ。

女装をしたせいで姚淑妃に言いがかりをつけられることに繋がったので、もはや悪い思い出しかない。

——それに、祥明にも「あんな格好はもうするな」って言われてるし。

しかし、あの夜の祥明は、普段自分を子ども扱いする様子とはずいぶん違っていた。

あれはいったい何だったんだろうと、今でもたまに思う。

――だけど昨日、劉銀が後宮を散策していた時に祥明ともすれ違ったけれど、全然いつもと変わらない様子だったわよね。

「よう、鈴鈴」と、いつも通り同性の友人に対してのように気安く声をかけてきた祥明。あの夜に彼が一瞬見せた熱っぽい視線など、微塵も感じさせなかった。

――やっぱり、私の勘違いかな。接吻しようとしていたなんて。

そんなことを考えながら、百合園へと向かう林徳妃に随伴する鈴苺。もちろん鈴苺は中に入れないので、到着したら彼女とは別れることになるが。

ちなみに、桜雪を始めとする他の女官たちは、準備のためすでに百合園に入っている。

――すると。

「……林徳妃様」

百合園に到着する間際で、声をかけられた。この涼やかな声音は、白賢妃のものだ。

護衛ひとりのみを従えた白賢妃は、眉尻を下げ、大層申し訳なさそうな顔をしていた。

本日は女人の祭りだからか、勇ましい出で立ちだった桃花祭の甲冑姿とは打って変わり、女性らしい衣裳だった。

天色の裙《もすそ》に、紅蓮の上襦《うわぎ》を合わせ、若紫色の披帛《ひはく》を肩に垂らしている。

鮮やかだが、上品な色合いは、冴え冴えとした印象のある白賢妃だからこそ似つかわしい。

「白賢妃様。ご機嫌麗しゅう。御衣裳、とても素敵ですわ」

「林徳妃様も、いつにも増して可愛らしい」

「もったいないお言葉でございます。……ですが、白賢妃様。ひょっとしてお体の具合が悪いのでは？　顔色が優れないように見えます」

林徳妃が心配そうに尋ねる。

確かに彼女の言う通り、白賢妃はどこか疲れたような面持ちをしていた。

眉間の皺が白粉《おしろい》でも隠せておらず、いつもより少々年齢を感じさせる。

白賢妃は一瞬うろたえたような面持ちをしたが、すぐに鷹揚そうに微笑んだ。

「ん、そうか？　昨日あまり眠れなかったのでそのせいかもしれぬな」

「まあ。百合節が終わったら、ゆっくりお休みくださいまし」

「ありがとう。……いえ、そんなお話よりも。先日は、姚淑妃様があなたに無礼を働いたようで。申し訳ない」

白賢妃の表情を見た時から、この話題になると鈴苺は予想していた。林徳妃もそうだったようで、軽く微笑みながら頭を振る。

「なぜ白賢妃様が謝罪なさるのです？　あれは、姚淑妃様のなさったことです。第一、私はまったく気にしておりません。仲睦まじいあなたを取られると思った、姚淑妃様のかわいい嫉妬でございましょう」

「いえ、原因は私にあるのでな。しかし、そうおっしゃってくださるとは、林徳妃様の慈悲深き心に、大変救われる思いだ」

「桃花祭でのあなたのご提案は、私も地獄に仏かと思うほどでしたわ。さ、もうそんな顔をなさらないでくださいまし。本当に、あなたにも姚淑妃様にも、私は一切負の感情は持っておりません」

少しぎこちないが、ようやく白賢妃が微笑んだ。

「ありがとう、林徳妃様。姚淑妃様は、とても私を慕ってくださっているのだが……。どうも、その思いが強すぎるようでな。いや、嬉しくはあるのだが」

「ええ、存じております。凛々しい白賢妃様をお慕いする姚淑妃様のお気持ち、深く理解できます。……あ、でももちろん、おふたりの仲を邪魔する気は私にはございませんので」

「いやいや。普段なら、姚淑妃様もこれしきのことで取り乱す方ではない。あの日は虫の居所が悪かったようだ。落ち着いて会話ができる林徳妃様のことは、私も好いておる。今後も仲よくしてくれ。——もちろん、姚淑妃様の機嫌を損ねない程度にだが」

「ふふ、心得ました」

和やかに話すふたり。

鈴莓は、林徳妃が以前話していた、白賢妃と姚淑妃の関係について、思い起こしていた。

ふたりとも、華国の領土の端の、遠方から嫁いできた身だった。

不慣れな地での生活、口に合わない食物。そして何より他の妃嬪からの嫌がらせは、林徳妃も「内容を口にするのは憚られるわ」と説明を拒むほど凄惨なものだったようだ。

後宮での肩身の狭い生活を、ふたり手を取り合って乗り越えた。だからあのふたりの絆は強固なのだと林徳妃は言っていた。

――白賢妃様は義理堅いお方なはず。姚淑妃様をないがしろにすることはきっとない。……姚淑妃様もそんなことは分かっていると思うけど、どうして少し関わっただけの私にあんな剣幕で迫ったのか……

鈴莓がそんなことを考えていると。

「鈴鈴も。また私と武術の話や、なんなら稽古も一緒にしてくれたら嬉しい。あの後姚淑妃様とも話したのだが、『申し訳ございません、やりすぎました』と反省しておられたから、気になさらず」

「……あ！　さようでございますか！　姚淑妃様の広いお心、感謝しかございません。白賢妃様、私などでよければ、いつでもお呼びくださいませ」

白賢妃の言葉に、安堵する鈴苺。

――やっぱり、あの日は虫の居所が悪かっただけなのね。

鈴苺の返答に気をよくしたのか、白賢妃は機嫌よさそうに微笑む。

「ありがとう鈴鈴。そう言ってくれるのはとても嬉しい」

「そんな……。もったいないお言葉にございます、白賢妃様」

「はは、そんなにかしこまらなくてよいぞ。本当に嬉しかったのだから。……本当に。そなたと話している間は、嫌なことをすべて忘れられるくらいに」

白賢妃は遠くを見つめた。どこか悲しげな光を宿した瞳で。

――つまり、白賢妃様には忘れたいくらい嫌なことがあるということ……。たまに意味深なことをおっしゃるわよね……。

桃花祭の際も、男も女も分け隔てない扱いをする鈴苺の実家の道場の方針を羨ましがっていたし、「こんな牢獄に閉じこめられることもなく」という言葉からは後宮に対して何らかの鬱積があるように感じられた。

――強くて美しくて、皇帝の寵愛を受ける女性の頂点のような存在であらせられるのに。そんな白賢妃様にも、何か悩みがあるようだわ。

宦官《かんがん》に扮した平民の女に過ぎない自分が、いくら考えたところで分からないような、高尚な悩みだろうけれど。

鈴苺がそんなことを考えている間に、白賢妃の顔はいつもの凛々しい表情に戻っていた。先ほどの切なげな面持ちは、見間違いだったのではないかと思う。

「そろそろ百合節が始まるころだな。林徳妃様、向かうとしよう」

「かしこまりました」

背筋を伸ばして百合園へと向かう白賢妃に、しずしずと歩く林徳妃が続く。

鈴苺は、彼女たちふたりが百合園に入ったのを見届けると、その場で伸びをした。

何せ、久しぶりに護衛の任から外れる時間だったのだ。

休日や休息時間は規定通り与えられてはいるが、皇帝の寵姫の護衛などという神経を使う仕事は生まれて初めてだったせいか、少しの休息では疲労はほとんど抜けないのだった。

——百合園の中では、それなりに腕の立つ女性武官たちが警護しているっていう話だし。きっと大丈夫よね。

しばしの間、鈴苺は百合園近くの四阿《あずまや》で休息を取った。しかし少し休んだら、身体がうずうずしてきてしまった。

元々体を動かすのが好きな性分なのである。

精神的な休息は、ただじっとしているよりも無心で刀を振ったほうが得られるのだった。

少し広い場所に行こうと、鈴苺は四阿《あずまや》を出る。

適当にぶらついていると、薔薇園の近くに開けた草むらを発見したので、鈴苺はそこで刀を振ることにした。

――ふぅ。やっぱり、この時が一番落ち着くわ。

精神を集中させ、静かに息をしながら愛刀を振り下ろす。

刃が風を切った音がすると、切っ先が日の光によって煌めいた。

幼いころから幾千、幾万回も行っているこの動作は、鈴苺にとっては呼吸と同等とも言えるほど身に沁みついている。

何十回か刀を振り下ろした時だった。

「見事な刀さばきだな」

落ち着いた男性の声が聞こえてきて、鈴苺は刀を下ろし声のしたほうを見る。そこには、光潤が愛槍を持って立っていた。

「光潤様。あなたもお手すきですか？」

男性の光潤は、もちろん百合節には参加できないはずだ。きっと鈴苺と同じように、百合節の間は非番なのだろう。

「そうだ。やることがなくて後宮内を散策していたら、鋭く風を切る音が聞こえてきたのでな。近寄ってみたら、思った通りの手練れがいたわけだ」

「手練れなんて……。あっ、そうだ！　お時間があるならここで一戦交えませんか⁉　ほら、前に約束したじゃないですか！」

意気揚々と鈴苺は提案した。

以前に光潤と手合わせした時は、彼が油断しきっていたので鈴苺が一瞬のうちに勝利してしまって、正直あまり楽しくなかった。

しかし今の光潤は、鈴苺の実力を分かってくれているはず。きっと全力で挑んでくれるに違いない。

そう思うと高揚感を抑えられず、鈴苺は目を輝かせて光潤を見つめてしまう。

「あ、あんまりそう見つめるんじゃない」

なぜか光潤は頬を赤らめて目を逸らした。

意外な反応に鈴苺は首を傾げる。

――「ふっ、いいだろう。次は容赦せぬぞ」とでも言ってくれると思っていたのに。

するとと光潤はわざとらしい咳払いをした後、鈴苺と視線を合わせて、口を開く。

「――そんなことより」

「そんなこと……？　いえ、手合わせは私にとって何よりも大切ですけれど……」

「そなたは本当に……。まあ、とりあえず聞け。俺はいろいろ考えたのだ。もちろん最初は受け入れることはできなかった。しかし、どうしてもこの気持ちは鎮められなかったのだ」

「何の話です？」

「そして悟ったのだ。男とか女とか……性別など、きっと大した問題ではないのだろう、と」

「……？」

光潤が何の話をしているのか、鈴苺にはまったく理解できなかった。しかし彼は、大層真剣な面持ちで言っている。

──よく分からないけど、適当にあしらうのはきっと失礼よね。

「あの、全然何のお話をしていらっしゃるのか分からなくて。もっと分かるように説明してくださいませんか」

素直に疑問を呈すると、光潤は一瞬言葉を詰まらせる。そしてどこか気まずそうにこう言った。

「皆まで言わせる気か」

「何のことです？」

本当に訳が分からなくて、鈴苺は眉間に皺を寄せる。

するとき光潤は意を決したような顔をした後、鈴苺に迫るように近づいた。

「こ、光潤様？」

彼の茶褐色の澄んだ双眸《そうぼう》が、鈴苺を突き刺すように見つめてくる。目を逸らしたいのに逸らせない。

それほどまでに、強い意思が込められた視線だった。

――え、これ何？　どんな状況？

意味はいまだにまったくもって分からないが、美男子に至近距離で見つめられたら、さすがに緊張してしまった。

「鈴鈴。そなたが宦官《かんがん》だとか、そんなことはもうどうでもいい。俺は、そなたのことが……」

と、光潤が言葉を紡いでいる途中だった。

ガドン！　という鈍い音が聞こえたと思ったら、光潤がいきなり地に倒れ伏した。

突然のことに鈴苺は息を呑む。

何が何だかさらに分からない。

――すると。

「……ったく、油断も隙もねえ」

聞こえてきたのは、怒りに満ちた男性の声。鈴苺が後宮で、もっとも聞き覚えのある声だった。

「しょ、祥明⁉」

そう、憤怒の形相で現れたのは、鈴苺の幼馴染である祥明であった。

彼は愛用の青龍刀《せいりゅうとう》を、鞘に納めたまま構えていた。

どうやら、先ほどの音は祥明が刀で光潤をぶん殴った音だったらしい。

――祥明はいつの間に近づいていたのかしら。全然気がつかなかった。

鈴苺は他者の気配を敏感に察知することができる。きっと武官である光潤だって、その能力は備わっているはずだ。

会話に集中していたとはいえ、そんなふたりに気取られないように近づいてきた祥明は、さすがの力量である。

――けど、なんでいきなり光潤様を殴ったのだろう。

そんな風に鈴苺が思っていると。

「痛い！　いきなり何をするんだ祥明⁉　野蛮な！」

起き上がった光潤が、至極まっとうな批判を祥明にぶつける。

鈴苺からしてみても、光潤はいきなりぶん殴られるようなことはしていなかったと思う。

しかし祥明は、憎々し気に光潤を睨みつけた。

「うるせぇ！　お前こそ何だよ⁉　今鈴鈴に何を言おうとしてたんだっ？　返答次第でぶっ殺す！」

「お前には関係ないだろう！　俺は鈴鈴と話をしたいんだ！」

「はぁー⁉　お前ごときが気安くその呼び方で呼ぶんじゃねぇ！　それに俺には関係が大ありなんだよ！」

「なぜだ……⁉　はっ、まさか！　お前、女人に興味がないという噂だったが、ひょっとするとそれはすでに鈴鈴とただならぬ関係だったからか⁉」

――ただならぬ関係……ではないと思うけど。単なる幼馴染よね。

と、鈴苺は心の中でこっそり思う。

それとは別に「女人に興味がないという噂」という光潤の一言が、心にひっかかった。

――祥明にそんな噂があるんだ。だから私のこともずっと妹みたいな扱いだったのね。

そんなことを思っている間も、祥明と光潤は不毛な言い合いをしていた。

「ただならぬ関係ねぇ……。ふっ、さてな」

「な、なんだその意味深な言い方は！　まさか本当に⁉　おい、ずるいぞ！」

「はー？　何がずるいんだよ？　こういうのは早い者勝ちなんですぅ～」

「こ、この！　だいたいお前のことは前々から気に入らなかったんだ！　いつもへらへらしやがって！」

「俺だってお前みたいなくそ真面目嫌いだね」

子どもみたいな喧嘩になってきたなあと、ふたりの言い争いに鈴苺は呆れた笑みを浮かべる。

ふぅ、と一息つくと薔薇の強い匂いが鼻腔をくすぐった。

――そうだ、ここ薔薇園の近くだったわね。

そこで鈴苺はハッと思い出した。

姚淑妃が薔薇園近くをうろついているという目撃情報があった、と劉銀が話していたことを。

その後辺りを捜索し、何も不審な点はなかったとも言っていた。

それにここは白賢妃の住まう冬梅宮の近く。彼女と仲のいい姚淑妃がこの辺を歩いていても、確かにおかしなことはない。

――劉銀が調べさせたのだから、きっと見落としはないとは思うけど。暇だし、私も調べてみよう。

そう思いついた鈴苺は、薔薇園に入った。

――すると。

「鈴鈴、どこへ行く?」

「勝手に動くんじゃない」

なぜか、ひと悶着終えたらしい祥明と光潤もついてきた。

——祥明は事情が全部分かってるから正直に言ってもいいけれど。光潤様は微妙よね。まあでも、人物さえあげなければ大丈夫かな。彼も後宮の治安を守る武官だし。

「女官の行方不明事件の手掛かりを追っているんです。この辺り、私はあんまり調べたことがなかったので」

姚淑妃の名を上げずに、鈴苺は正直にそう説明した。

すると祥明は察したような面持ちになった。

劉銀が「姚淑妃が薔薇園で目撃された」と言っていたことを、思い出したのだろう。

「……そうか鈴鈴。俺も手伝うよ」

「確かに、薔薇が生い茂るここは、何か見落としがあるかもしれないな」

光潤も、きりりとした武官らしい顔つきになる。

やはり彼も、女たちが行方をくらましている事態を気にかけているらしい。

「それと、先ほど誰かにぶん殴られたおかげで、俺の槍が薔薇園のほうに飛んでいってしまった。愛槍がないと落ち着かないので、早く捜さねばな」

ちらりと祥明のほうを見て、光潤が嫌味交じりに言う。

そういえば、先ほどまで彼が構えていた長槍がなくなっていた。

祥明は引きつった笑みを浮かべている。

そういうわけで、三人で薔薇園に不審な点がないか調べ始めた。

しばらくの間、薔薇の棘に注意をしながら地面や途中にある池、四阿《あずまや》などを調べたが、特にあやしいところはなかった。

また、光潤の大きい槍もついでに見つかるかと思ったが、意外にもなかなか見つからない。

「おかしなところはなさそうですね……」

「陛下もそう言っていたしなあ」

「……俺の槍がない」

唸る鈴苺と祥明に、涙目の光潤。

とにかく、彼の槍だけでも見つけてあげないと、と鈴苺は地面に這いつくばるようにして低い場所に目を向けた。

「鈴鈴、土で汚れるぞ。こいつのためにそこまでしなくても」

「……優しいのだな、そなたは」

苦言を呈する祥明と、感激したように呟く光潤。祥明が舌打ちする音を聞きながらも、鈴苺は目を凝らして槍を捜す。

「あ！　ありました！　向こうの白い薔薇が生えている場所に落ちてます！」

　槍には白い薔薇とつるが覆いかぶさっていた。

　あの辺りはさっき光潤が捜索していたはずだが、きっと上から見ただけでは槍は見えなかったのだろう。

「本当か！　かたじけない、鈴鈴！」

　そう言うと、光潤は白い薔薇が植えられている場所のほうへと駆けていった。

「……だから。お前が気安く『鈴鈴』って呼ぶなっての」

　苦々しい面持ちでそう言いながら、のんびりと光潤の後を追う祥明。鈴苺も彼らの後を追う。

　光潤のもとにたどり着くと、彼が薔薇の花とつるをかきわけて、ちょうど愛槍を発見したところだった。

　光潤は槍を手に取り、鈴苺に駆け寄る。

「あったぞ！　鈴鈴、そなたのおかげだ」

「あ、いえ。偶然見つけただけですから」

「いや、そなたが地を這って捜してくれたから簡単に見つけられたのだ。俺だけでは、もっと時間がかかっていただろう。本当に……」

「だからてめえはいちいち近づくな！」

お礼を言うだけにしてはやたら近いなあと鈴苺が思っていたら、イライラした様子で祥明が割って入ってきた。

すると「祥明、貴様は一体なんなのだ。先ほどから邪魔ばかり！」「鈴鈴に気安く近づくなって言ってんだろうが！」「貴様にそんなことを言われる筋合いはない」「はあ⁉　俺は鈴鈴とただならぬ関係って言ってんだろうが！」「嘘つけ！　信じない！」などという、鈴苺にとっては不毛としか思えない言い争いが始まる。

一体なんなのかしら……と息を吐く鈴苺。

するとあることに気づき、はっとする。

鼻から息を吸いこんだ瞬間。薔薇の匂いをそんなに感じなかったことに気づいた。

今までずっと、濃い薔薇の匂いが漂っていたというのに。なぜかこの白い薔薇が生えている一帯は、花香が薄い。

――どういうこと？

気になって注意深く辺りを見てみると、他にも不審な点に気づいた。

光潤の槍が落ちていた辺りは、薔薇の枝が切れていた。

きっと槍の重みで切れてしまったのだろうが、枝の断面が不自然なほど白かった。

まるで紙のような白さだった。

思わず鈴苺は、折れた枝を手に取った。

「鈴鈴？」

光潤との口喧嘩が一段落したらしい祥明が、鈴苺の謎の行動に気づき首を傾げた。

「これ……本物の薔薇じゃありません。精巧な造花です」

手に取れば一目瞭然だった。葉も花も枝も、遠目では分からないが、竹紙で作られた精巧な作りものだったのだ。

「造花……。何らかの事情で本物の花を抜かざるを得なかったということか」

「しかし、花がないと不自然だから造花で誤魔化したのだな」

祥明と光潤が真剣な面持ちでそんなやり取りをする。

鈴苺は頷いた。

――根を張る植物を抜かなければならない状況。そうなると……

「地面に何かありそうですね」

三人は作りものの薔薇を手分けをしてどかす。

奥のほうの造花は、ちゃちなつくりのものが多かった。竹紙はもろく、雨が降るたびに作り替えなければならないはずなので、精巧な作りの造花は目につきやすい位置だけに置かれていたのだろう。

薔薇を撤去した後、地面を見たら明らかに周囲と色が違う部分が現れた。祥明が足裏で蹴ると、コツコツと硬い音が響く。

「間違いなく、なんかあるな。掘り返してみっか」

祥明がそう言った後、三人で土を掘る。

すると、地下に通じるらしき木製の扉が現れた。

「……隠し扉？　光潤、お前こんなところに通路があるって知ってるか？」

「いや……知らん」

祥明は皇帝専属の武官となってもう三年も経つし、光潤も梁貴妃が二年前に後宮入りした際に武官として勤め始めたらしいから、ふたりとも後宮の内情にはそれなりに詳しいはずである。

そのふたりがそろって知らない隠し扉。もはや不穏な匂いしか感じられない。

「これは、入って調べてみるしかないですよね。ちょっと……いや、かなり危険を感じますが……」

「そうだな……。もたもたしてる暇はなさそうだ。薔薇はもうどかしちまったし、この扉を使っている奴は俺たちがここを見つけたことにすぐ気がつくだろう。そしたら中のものは移動させられちまうしな」

祥明の言う通り、時間が空いたら証拠隠滅を図られてしまう。百合節が終わるのを待って劉銀に報告して……など、悠長なことをやっている場合ではない。

「ならば、俺がここで見張っている。祥明と鈴鈴で中を見てきてくれ」

光潤の提案に、祥明は意外そうな顔をした。

「それは助かるけどよ。……てっきり、『俺が鈴鈴と行くから貴様は待っていろ』とでも言うかと思ったぜ」

「そんなことを言っている場合か。俺の長槍では、狭そうな地下では不利だと思っただけだ。俺が外で不審な者がいないかを見張るのが最適だろう」

真面目な顔をして光潤は言う。

――光潤様、やっぱり武官として信頼できるなあ。

鈴苺にとって最近の彼の言動はいまいち意味が分からないことが多いが、最初に出会った時から、肉体的にも精神的にも相当な手練れであることは感じていた。

「光潤様、ありがとうございます。それなら安心です」

鈴苺が素直に礼を言うと、光潤は照れたように顔を背けた。すると祥明はムッとしたような顔をする。

「……さっさと入ろう、鈴鈴」

「え？　は、はい」

何をそんなに焦っているのかと思ったが、祥明が地下へ通じる扉を開けると、中に階段が見えたので息を呑む。

――きちんとした造りの階段ね。ホコリもあまり見当たらない。

それは、この下に間違いなく地下室があり、誰かが最近も出入りをしているという証拠だった。

祥明を先頭に、階段を下りるふたり。

階段はちょうど十段で、下りきると中はそれなりの高さがあった。天井は、背の高い祥明でもぎりぎり頭が付かないほどだった。

広さもかなりあり、軽い手合わせくらいはできるだろう。中は薄暗い。地上へと繋がる扉を開けっぱなしにしており、そこから日の光が漏れているためなんとか辺りを見渡すことができる。

「妙に生活臭いな……」

中の様子を見て、祥明が呟く。

隅に置かれた寝台、無造作に散らかった椀や杯。

長箒や塵取りなんかは壁に立てかけられていた。また、女物らしき色合いの反物が畳まれもせずに転がっている。

「誰かがここで生活していた……？　あっ、祥明。あそこを見てください」

そう言いながら鈴苺が指をさした寝台の近くに、扉があった。薄暗いせいで、入ったばかりの時は気づかなかった。

「こんな地下に、さらに部屋があるなんて」

「そっちに誰かがいるかもしれません。入ってみましょう」

鈴苺の言葉に、祥明は慎重に進む。鈴苺は周囲を警戒しながら彼の後を追った。

そして祥明が扉を開け奥の部屋に入り、後に続こうとした鈴苺だったが……

「……！」

驚愕し、足を止める。

寝台と土壁の隙間に、人がひとり倒れていたのだ。鈴苺は寝台を壁から遠ざけるように移動させると、倒れていた人物に駆け寄る。

内食司《ないしょくし》の女官服を着た、まだ若い女だった。

「大丈夫ですか⁉」

身体を揺さぶりながらそう声をかけると、女は「う……」と小さく呻き声をあげる。

――よかった、生きている。

暗がりでも分かるほど、彼女は顔色が悪かった。

内食司《ないしょくし》の女官たちは、味見や残りものによってふくよかになりやすく、健康的な者が多いはずなのに。

今まで気を失っていたらしい女官は、目を開く。意識を取り戻したばかりでぼんやりとしている。

「お怪我などはございませんか？　なぜ、このようなところに……」

「私の血が、血……やめて、ください……」

うわごとのように言う女官の言葉に、鈴苺は劉銀から聞いた情報を思い出す。

——西の書に人の生き血を抜いて薬にしている描写があったから、女官は血を抜かれるために誘拐されているかも……という話だったわ。

眼前の女官の顔面が蒼白なのも、極度の貧血状態だからなのかもしれない。

——とにかく、早く医官のところへ連れていって治療させないと。奥の部屋に入ってしまった祥明にも伝えないと。

そう考えた鈴苺が、祥明を呼ぼうと口を開きかけた——その時。

「っ！」

突然背後に殺気を感じ、鈴苺はその場から飛びのいた。

しかし攻撃がこめかみをかすめたらしく、鈍い痛みが走る。そのこめかみから、液体が一筋流れる感触があった。恐らく、少々流血している。

「——誰だ」

倒れている女官をかばうように立つと、鈴苺は眼前に立つ人物に向かって低い声で凄みをきかせて言う。

頭から黒装束を被っているため、その人物の顔を拝むことはできなかった。男性なのか女性なのかも判別できない。

その人物は、長箒を鈴苺に向けて構えていた。先ほどの攻撃は、長箒によるものだったらしい。

――光潤様が外を見張っているはずなのに。いつの間にここに来たのだろう。まさか、最初からこの場所にいた？　それとも、外にいる光潤様を倒して侵入した？

どちらにしろ、この人物は攻撃が当たる直前まで鈴苺に気配を察知されることなく行動していたのだ。

間違いなく、相当な腕の達人である。

「……手加減はしない」

押し殺した声で相手にそう告げると、鈴苺はゆっくりと抜刀した。そして切っ先をその人物に向ける。

相手が一瞬怯んだ気がした。

長箒と倭刀《わとう》では、圧倒的にこちらが有利だ。さきほどは不意打ちだったため攻撃を食らったものの、面と向かって対峙すれば、間違いなくこちらに軍配が上がるだろう。

するとその人物は、箒を鈴苺に向かって素早く振り下ろした。そのあまりの思い切りのよさに、一瞬鈴苺は動揺する。

――圧倒的に分が悪いはずなのに、まさか先手をしかけてくるとは。

しかしすぐに気を取り直し、倭刀《わとう》で箒を一閃《いっせん》した。箒がすっぱりと真っ二つになる。

ふたつになった簪が地に落ちる前に、相手は身を翻し地下室の出口のほうへと駆けていった。暗がりの地下室にもかかわらず、素早い動きだった。

追いかけようとも思ったが、この場には倒れた女官がいる。離れるのはあまり得策ではない。

また、鈴苺には別の思いも生まれていた。あの人物を、追いかけたくないと考えてしまっていたのだ。

長簪を振るうあの構え、素早い動き。既視感があった。どうしても、ある人物を思い起こさせられた。

――まさか……？　いや、でも、そんな……

生き血を抜くために、女官をさらうような人では決してない。

――でも、あの身のこなしはどうしても……

そのように、鈴苺が動揺していると。

「鈴鈴！　何かあったのか⁉」

奥の部屋を調査していたはずの祥明の声が響いた。

「祥明！　ちょっと敵襲に遭いましたが、私は大丈夫です！」

「敵襲⁉　何か物音がしたと思ったら……！」

そう言いながら奥の部屋から戻ってきた祥明は、顔色の悪い女性を負ぶっていた。

この部屋で倒れていた女官とは、別の女だった。

「祥明！　その人は⁉」

「奥の部屋に倒れていたんだ。具合は悪そうだが、医官に見せれば大丈夫だと思う」

「……そうですか。実は、ここの部屋にもひとり倒れていたんです。奥の部屋に入る直前に気づいて、その方を看ていたら敵が現れて」

「なんだって⁉　……じゃあ、ここにふたり女が監禁されていたってことだな。ってことは、ここは間違いなく女官行方不明事件の首謀者の隠し部屋ってわけか」

鈴苺は頷く。祥明の言う通り、それはまず間違いない。

「そうだと思いますが、とりあえず人命救助が先決ですね。このふたりをすぐに医官のところへ運びましょう」

「そうだな」

鈴苺は、自分が発見した女官に駆け寄る。

極度の貧血であるためか、自力で立つのは難しそうだったので、祥明と同じように彼女を背負う。

女官を気遣いながら、地下室から外に出ようとすると、光潤が血相を変えた様子で階段を駆け下りてきた。

「鈴鈴！　祥明！　無事か⁉」

「あなたこそ！　あやしい輩がここから出ていったはずですが！」

あの不審人物は、間違いなく光潤と鉢合わせているはずだ。

「そうなのだ。しかし実はたった今、取り逃がしてしまった……。俊敏な動作だった。あれは相当な手練れだな。純粋な戦闘なら負けはしなかっただろうが、相手は逃げることが目的だったようだからな」

なるほど。光潤が相手だとしても、あの人物の身のこなしなら逃げるだけならば可能だろう。

「追おうかとも思ったが、そなたたちふたりのことが気になってな。出入り口で俺が見張っていたのだから、不審者は元々地下にいたのだろう？　怪我はないか？　そして、その女たちは⁉」

「ありがとう光潤様、私たちは大丈夫です。この女官たちは、地下に閉じこめられていたみたいです」

「そうなのか！　やはり、この場所が行方不明事件に関わっていたのだな」

「はい、そうみたいです。……しかし、光潤様から逃げだした人物の存在には、襲い掛かられるまで私も祥明も気づきませんでした」

「ふむ。やはり、かなりの使い手だな。いや、しかし……」

鈴苺の言葉に、首を捻りながら考えこむ光潤。

——この後宮に俺たちを一瞬でも怯ませられるほどの武官なんているだろうか……

光潤様はそんな風に考えているんだわ。

実力では祥明と光潤で一位、二位を争うと聞いている。そして鈴苺もふたりには引けを取らないはず。

そんな三人を、一瞬でも出し抜けるほど武の道に精通している者など、数えるほどしかいないはずなのだ。

きっと光潤は、武官の中で力ある者たちを今思い浮かべて、容疑者になりえるかどうか考えている。

——だけどきっと、私が思い浮かべている人を光潤様は思い当たってはいないだろう。

鈴苺ですら、信じがたい……信じたくない人物だったのだから。もっときちんと裏が取れるまで、口にすらしたくないほど。

「とりあえず、さっきの奴のことは後回しだ。まずはこの女官ふたりを医官のところに運ぼうぜ」

「そうですね」

「俺も手を貸そう」

三人は自力では立てない女官ふたりを、医局まで運んだ。

その、途中のこと。

「……様を、お助けください」

鈴苺が負ぶった女官が、耳元でうわごとのように呟いた。か細い声だったので、きっと鈴苺にしか聞こえなかっただろう。

彼女が口にした人物が、この一件の首謀者の可能性が高い。

――だけど、どうして。『お助けください』なのだろう。

その者が自ら望んで行方不明事件を起こしているのだとしたら、そんな言葉は女官からは出てこないはず。

この事件、まだまだ自分の想像が及んでいないことがたくさん秘められている。

呟いた後意識を失ったらしい女官を背負いながら、鈴苺はそう考えたのだった。

第六章　寵姫の苦悩

女官ふたりを医局に任せた後。

ちょうど百合節が終わったので、三人は事の顛末をすぐに劉銀へ報告した。

薔薇園の中に隠し部屋へと繋がる通路があったこと。

そして、その中に血を抜かれたらしき女官ふたりが閉じこめられていたこと。

この報告により、以前に薔薇園付近で目撃情報があった姚淑妃が、まずは事情聴取されるだろうと鈴苺は考えた。

だが、鈴苺を襲い光潤までも出し抜いた、武に長けた者の心当たりについては、劉銀に報告できなかった。

そちらはまだ確証がない。

それに鈴苺自身、まだ信じたくなかったのだ。あの人の名前を、この状況で出すのは憚られた。

——今ごろ姚淑妃様への聴取が行われているはず。その話を聞いてからでも、確信を得るのは遅くないわよね。

なお、報告後すぐに衛士《えじ》によって地下室の調査が行われたが、何代も前に使われていた呪術用の部屋を改築した部屋だとのことだった。

また、鈴苺たちは気がつかなかったが、奥にはさらにいくつもの隠し部屋があり、そこには女官たちが何人も閉じこめられていた。

食事をきちんと与えられていたらしく、比較的健康状態は良好で、行方をくらました女たちと同じ人数だったとのことだ。

その後、聴取を受けた姚淑妃はあっさりと罪を認め、すぐに後宮刑吏場へ出頭を命じられた。

後宮刑吏場は妃嬪が何らかの罪を犯した際に裁く場所であり、本来なら下仕えに当たる武官は立ち入り禁止だ。

しかし行方不明事件のもっとも重要な証拠を押さえた鈴苺は、証人として出頭を命じられた。

きっと、祥明と光潤も同じように証人として来ているはず……と考えていた鈴苺だったが、後宮刑吏場に辿りつき、唖然として言葉を失った。

後宮という空間にそぐわない、殺風景な景色だった。

壁にも床にも、装飾はまったく施されておらず、調度品などひとつも置かれていない。

一段高くなったところのみ、龍の金糸で豪奢に飾りつけられており、そこには劉銀が鎮座していた。

周囲には文官や武官が何人も並んでいる。祥明は劉銀の背後に立っていた。

また、事が大きいだけに林徳妃、白賢妃、梁貴妃も呼び出されたらしく、神妙な面持ちをしていた。梁貴妃は、青ざめた顔をしている。

そして劉銀が見下ろした先に、今回裁かれるべき人物が後ろ手に縄で縛られ、叩頭《こうとう》していた。

急いで出頭したため、百合節の衣裳がそのままだったのだろう。

桃色を基調とした裙《もすそ》と上襦《うわぎ》、薄紫色の披帛《ひはく》が大層鮮やかで、この簡素な空間に彼女が存在することが、あまりに不自然だった。

そう、彼女は姚淑妃。皇帝の寵姫のひとりでもある、後宮内で大きな権力を持つ妃。

しかし、鈴苺が驚いたのは、ひれ伏しているもうひとりの人物の存在だった。

「……光潤様が、なぜ⁉」

そう、姚淑妃とともに縛り上げられ額を床につけているのは、光潤だった。

数刻前、鈴苺とともに行動し、地下室を発見した証人のひとりであるはずの光潤が。

「鈴鈴、足労願ったな」

鈴苺の驚愕している様子など気に留めることなく、劉銀は穏やかに言った。鈴苺は思わず、劉銀に駆け寄ってしまう。

「劉銀……様！　なぜ光潤様が捕らわれているのです⁉」

いつものような口調で話してしまうのを堪えながら、鈴苺は叫ぶように尋ねる。

文官のひとりが「口を慎め、宦官《かんがん》風情が」と顔をしかめるが、劉銀はそれを手で制し、こう答えた。

「地下室を発見した際、お前を襲って逃げ出した輩がいたのだろう。誰なのか姚淑妃を詰問したところ、光潤の名前が挙がったのだ」

「な……⁉」

息を呑む鈴苺。

――そんなことあるわけがない！　光潤様が、そんなことを！

確かに、あの不審人物は相当な使い手であったことは間違いない。

長槍を愛用している光潤が、長箒をそれに見立てて武器として使うことも考えられる話だ。

出入り口の見張りをしていた彼が、頭から黒装束を被って鈴苺を襲い、その後は黒装束を脱ぎ何食わぬ顔をして「不審者は逃げ出した」と言えば、状況的に不自然な点はない。

しかし彼は、こんなことに手を貸すような人間ではないはず。

まだ付き合いは短いが、真面目過ぎる光潤が主である梁貴妃の手を離れて、姚淑妃の悪事の片棒を担ぐなんてことは、まずあり得ないのだ。

「そ、そんな！　光潤様はそんな、違います！」

うまく言葉が出てこない。

このままでは、光潤が女官行方不明事件の犯人の一味にされてしまう。

そうなってしまえば、極刑は免れないだろう。

劉銀は無表情で鈴苺を見つめていた。

祥明は、歯痒そうな顔をしている。彼も光潤がこの一件に関わっているとは思っていないだろう。

しかし、皇帝の護衛としてこの場にいる限り、不要な発言はできないらしかった。

「恐れながら。発言をお許しいただけないでしょうか」

姚淑妃が頭を下げたまま、相変わらず少女のような声音で言う。

裁かれている身であるのにもかかわらず、やけに落ち着いている。

その様を、鈴苺は不気味に思った。

「いいだろう。楽にして話せ」

劉銀の言葉を受け取り、姚淑妃が頭を上げる。

彼女はいつものように可愛らしく微笑んでいた。

桃花祭で桃の精として舞っていた時と、まったく同じ笑みだった。

「刑吏場に訪れる前にお答えした通りでございます。主である梁貴妃様に不満を抱いていた光潤は、私の言うことを素直に聞いてくださいましたわ。女官をかどわかす際も、とても役に立ってくださいました。ええ、本当に嬉々として。よっぽど、見返りである私の体に溺れたのでしょうね」

「姚淑妃！　馬鹿なことを言わないで！　そ、そんなことあるわけないわっ……。光潤がそんな、不潔なことを！　ねえ光潤！　嘘でしょう⁉」

顔を青くした梁貴妃が叫ぶ。姚淑妃の発言が、あまりにおぞましく、受け入れがたい事柄だったのだろう。

血の繋がりのある梁貴妃と光潤。

梁貴妃は、護衛として二年も任についていた光潤を、心から信頼していたのだろう。林徳妃に言いくるめられて逃げ出す際も、いつも最初に光潤の名を呼んでいたのだから。

「そうか。光潤、どうなのだ」

劉銀は動じた様子もなく光潤に問いかける。

姚淑妃の発言は、皇帝の妃でありながら他の男に体を許すというとんでもない事柄も含まれていたが、彼は大して気にした様子はない。

「……私は何も申し上げられません」

光潤は、叩頭《こうとう》したまま静かに言った。

——そうだ。立場上、光潤様が何を言ったとしても、姚淑妃様の発言を覆すことなんてできない……！

元々の身分が違いすぎる。

光潤がいくら真実を語ったとしても、姚淑妃がそうではないと一言言えば、それで終いである。

四夫人と武官の間には、それほどの隔たりがある。

——何か、姚淑妃様の言い分を覆す、大きな証拠でもないと……！

「ふむ……。では光潤のことはひとまず置いておこう。今回重要なのはそこではないからな。姚淑妃、女官を何人も誘拐していた首謀者は、そなたで間違いないのだな」

「さようでございます、陛下」

劉銀の問いに、微笑んだまま迷うことなく姚淑妃は答えた。

「女官をさらっていた目的は、血を抜くことで合っているか？　丁度、西の国の書物の翻訳が終わったところであった。最新の女性医学に関わる内容で、若い女の血が若返りや妊娠促進に効果があるのか可能性を探っていたのだが、この書はそなたも持っていたな？」

「はい。私の若々しさは、日ごろから後宮中の噂の種になっておりました。ずっと保つのが大変でしたのよ？　女たちの血を化粧水に混ぜこんだり、入浴剤として惜しみなく使ったりしてからは、とても楽になりました」

遊びに興じる少女のように、姚淑妃は楽しそうに発言する。

文官の中に、口を押さえてえずいた者がひとりいた。

若い女が血を抜かれている光景でも想像したのか、気分が悪くなったらしい。

「……話の辻褄は合う。今少し話しただけでも、すでにいくつもの罪状が挙げられる。誠に残念だが、私の力をもってしてもそなたを極刑から免れさせることは難しいだろう。分かっているか、姚淑妃」

「ええ、もちろん理解しておりますわ。このまま生き長らえていても、醜く老いるだけですもの。美しい私のまま殺してくれるなんて、願ってもないことでございます。さあ、早く私を斬首してくださいまし。この顔のままさらし首になるのなら、本望でございます」

うっとりとした様子で、姚淑妃は言った。

心から極刑を望んでいる口ぶりだった。

老いることへの恐怖が、愛らしい美姫を恐ろしい悪女へと変えた。女の生き血を欲し、己の若さにのみ執着する毒婦へと。

「姚淑妃。光潤は、そなたに惑わされ女官の誘拐の片棒を担いでいたということでよろしいか」

「ええ。か弱い私ひとりでは、女をさらうことなど叶わないですもの。彼はちょっと肌を見せただけで言いなりになってくれた。とっても扱いやすい下僕でしたわ。一度、林徳妃様の護衛が不審者を捕まえましたよね？　あれは光潤の手下です。下僕がいなくなると困るので、逃がしましたけど」

笑みを浮かべたまま、劉銀の問いに淀みなく答える姚淑妃。

地下室を発見した鈴苺、祥明、光潤が劉銀に報告した内容だと、鈴苺を襲った不審者は誰かということになる。

姚淑妃はその不審者を光潤にし、「女官行方不明事件は、自分と光潤のふたりでやったのだ」ということにして、この件を終いにしたいのだろう。

――違う。光潤様じゃない。このままでは彼が罪に問われ命を奪われてしまう……。

鈴苺は、地下室の不審者が誰なのかをほぼ確信していた。長箒を華麗に振り回すあの仕草は、間違いなくあの人だった。

――だけどどうしても、信じたくない。それに私の直感だけで物申していいのだろうか。それ以外の証拠は、まったくないのに……。

そんな風に、鈴苺が胸中で迷いに迷っていた時。

「陛下。罪状を確定させる前にひとつ気になることがございます」

今まで静観していた林徳妃が、刑吏場に声を響かせるように、堂々と発言した。

「林徳妃、どうしたのだ」

「いえ、この件に関連しているかどうかは定かではありませぬが、百合節の間に奇妙な行動をしていた方がおりまして。ちょうどそれが、鈴鈴たちが地下室を発見した時刻くらいだったので」

劉銀の眉がぴくりと動いた。

「ほう。奇妙な行動を取っていたのは誰だ。林徳妃、申してみよ」

「……白賢妃様です。白賢妃様、百合節の途中で、あなたこっそりと百合園から退席なさっておりましたよね。それも、ちょっと不審に思うくらい長い時間でしたわ。一体どこへ向かったのですか？」

文官たちがざわついた。今までずっと笑みを絶やさなかった姚淑妃が、呆然とした面持ちになる。

当の白賢妃は、無表情で林徳妃を見据えこう答えた。

「厠《かわや》へ向かっただけだが。月の障りの直前だから、少々体調が優れなくてな。それで時間がかかってしまったのだ。退席について不快な思いをさせてしまったのなら、申し訳ない」

「なるほど。それは百合園の近くの厠《かわや》でしょうか？」

「そうだ」

「それはあり得ません。百合園の近くの四夫人用の厠《かわや》は、その時間はずっと、梁貴妃様が使用していましたからね。そうですよね、梁貴妃様？」

いきなり話をふられた梁貴妃は、うろたえながらも勢いよく頷いた。

「そ、そうよ。いつものように林徳妃様に口喧嘩で負けて、そしたらなんかお腹が痛くなって厠《かわや》から出られなくて……って、そんなこと言わせないでよね！」

「……というわけですが白賢妃様。なぜ虚偽の発言をなさるのです。あなたはあの時どちらへ行っていらっしゃったのですか？」

白賢妃は表情を変えないまま何も答えない。

すると、ちらりと林徳妃が鈴苺のほうへと視線を送る。何か目配せをしているようだった。

——大丈夫よ。あなたが思っていることを言いなさい。

そんな風に、彼女が自分に伝えているように鈴苺には思えた。

——林徳妃様は、四夫人の関係性から考えて、ちょうどその時間に白賢妃様がいなかったことが関係していないわけがないと思ったんだ。そして、確かな証拠がない中、勇気を出してこの発言をした。きっと、私が何かを迷っていることに感づいて、私を後押しするために。

主にそこまで気遣われては、もう後には引けない。

鈴苺は白賢妃の凛々しさにはあこがれているが、林徳妃の懐の深さにはそれ以上に尊敬の念がある。

鈴苺は劉銀に向かって叩頭《こうとう》し、静かに言葉を紡ぐ。

「……陛下。宦官《かんがん》の身で差し出がましい限りですが、私からもよろしいでしょうか」

「鈴鈴、いいだろう。面を上げて発言せよ」

「ありがとうございます」

鈴苺は顔を上げて立ち上がる。そして、白賢妃のほうへゆっくりと近づき、彼女と対峙した。

「白賢妃様。この場で一本、私と手合わせをお願いできないでしょうか」

罪人に裁きを下している最中での鈴苺のその発言は、周囲には荒唐無稽に映っただろう。

文官からは、「何をふざけたことを」というようなざわめきがいくつも聞こえてきた。

「な、何を馬鹿なこと！　白賢妃様にこの宦官《かんがん》風情がっ！　口を慎みなさいっ」

姚淑妃は発狂するようにそう言って、鈴苺を睨みつける。不自然なほど必死な様子だった。

　座についていた劉銀は、ゆっくりとした動作で立ち上がった。そして朗々たる声を場内に響かせた。

「静まれ皆の者。――鈴鈴、構わぬぞ」

　ざわついていた文官たちは口を噤んだ。

　姚淑妃は、唇をギリギリと噛みしめ、何か叫び出したいのを必死に堪えているかのようだった。

「白賢妃。鈴鈴とこの場で手合わせをせよ」

　劉銀がそう告げると、表情を変えずに白賢妃は小さな声でこう言った。

「……武器がございませぬが。私は棍《こん》がないと戦えませぬ」

「では、あちらに立てかけてある長箒を代わりに使用してはいかがでしょうか。私も刀は鞘から抜きませぬ」

　鈴苺は場内の隅に塵取りと一緒に置かれている長箒に目配せした。

「なるほどな。何、殺し合いではないのだ。それでいいだろう」

　劉銀があっさり承諾する。

　白賢妃はか細い声で「承知いたしました」と答えると、ゆっくりと長箒を取りにいった。

――しかし。

長筝を手に取ってから、白賢妃はその場から動かなかった。彼女の肩が、腕が、小刻みに震えている。

白粉《おしろい》を塗られているにもかかわらず、彼女の顔面が真っ青になっていた。

「どうした、白賢妃。鈴鈴と立ち合いをしろ」

「――はい」

劉銀に急かされ、白賢妃はふらふらとした足どりで鈴苺のほうへ向かった。

しかし、瞳は虚ろで、いつもの堂々たる威厳はまったく感じられない。

白賢妃が鈴苺と向き合うと、劉銀が「始め！」と声を響かせた。

鈴苺が先に鞘付きの倭刀《わとう》を振るう。

すると、白賢妃は反射的に長筝を振るって応戦を始めた。

憔悴した様子だったのにもかかわらず、俊敏な動作ができるのはさすが武の国出身の姫である。

長年の鍛錬が、彼女の体を勝手に動かしているのだろう。

しかしすぐに決着はついてしまった。

倭刀《わとう》で一閃《いっせん》するように長筝を弾くと、筝は白賢妃の手から離れ、くるくると回転しながら宙を舞った。

そして刑吏場の隅まで飛んでいってしまった。

「……やはり。まったく同じでした。その長箒の振るい方、戦う際の身のこなし。地下室で私が遭遇した不審な人物と」

真っ青な顔で立ちすくむ白賢妃に向かって、鈴苺は告げる。彼女は何も答えない。鈴苺はこう続けた。

「以前に、白賢妃様が棍《こん》を振るっている姿を見ていたので、地下室の不審者と一戦した時からあなたなのではないかと私は感づいていました。……しかし、認めたくなかった。そう思いたくなかった。姚淑妃様が捕らわれ、裁判にかけられている間も私は迷ってしまった。——しかし、武官として尊敬している光潤様が冤罪を着せられそうなこと。そして林徳妃様が私を後押ししてくれたことで、真実を明らかにする勇気が出たのです」

「…………」

白賢妃は、俯いて何も答えない。

「——白賢妃様。真に裁かれるべきなのは、姚淑妃様ではありませんね。彼女はあなたをかばっているかのように思います。一連の事件は、あなたが……」

「違うわ！　全部私がやったのよっ！　お姉様は関係ない！」

姚淑妃が、鈴苺の言葉を遮るように声を上げた。

腕を縛られながらもその場で暴れ出したので、待機していた武官のひとりが彼女を取り押さえる。

「放しなさいこの無礼者！　私がやったって言ってんのよっ。さあ、さっさと私を処刑にして！　それでこの事件はおしまいなのっ」

「……もうよい、姚淑妃。よいのだ。やはり私は、あなたを犠牲にして生き、皇后を目指すことなどもはやできぬ。あなたがいくらそれを望んでも」

顔を上げた白賢妃は、微笑んでいた。すべてを諦めるかのような、疲れきった笑みだった。

「全部そなたの申した通りだ、鈴鈴。――陛下。すべては私の所業でございます。女官たちをかどわかしていたのも。血を抜いていたのも。地下室で鈴鈴を襲ったのも」

「お姉様っ！　やめて！」

騒ぐ姚淑妃は、武官が手で口を押さえた。

劉銀は目を細めて、白賢妃を見つめている。

「お前ほど聡明で気高き女が。どうしてこんなつまらぬことをした。正直、信じられぬ。……俺は信じたくない」

「――申し訳ありません。私は……私は、怖かったのです。子をなさぬまま、老いて朽ち果てていくことが。あなたに捨てられることが」

「俺はお前が石女《うまずめ》だとしても、捨てるつもりなど毛頭ない」

「分かっております。お優しい陛下がそんなことをなさらないことは。……ですが、怖かったのです。怖くてたまらなかったのです。私は祖国で、ずっとそのように言われて育ってきてしまったのですから」

白賢妃は静かに、自分の身の上話を始めた。

代々武家として名高い白家で生を受けた白賢妃——白高花。

物心つく前から棍《こん》を持たされ、何が何だか分からないまま稽古をつけられた。しかし武道の鍛錬は、高花にとってはとても楽しいものだった。

心を無にして棍《こん》を振るい、兄弟たちと一戦を交える。

修業を重ねるだけ成果が出る武の道は、生真面目で生まれながらに向上心のある高花には、何よりも夢中になれるものだった。

自分以外、男だけの兄弟だったが、その誰よりも高花は強かった。

十二歳で成人を迎える前には、二対一での手合わせでも容易に勝利することができるほどの実力が備わっていた。

しかし、高花は女だった。

成人までは男も女もなく稽古をつけた父だったが、高花が十二歳になった途端、棍《こん》を持つことを一切許さなくなった。

白家は、武家にありがちな男尊女卑が根付いている家系だった。

成人し、高花が女になった瞬間、手のひらを返したように周囲の扱いは変わった。

父は「お前が男だったらよかったのに」と、口癖のようにぼやいた。今まで爽やかに稽古をつけてくれた兄弟たちも、高花を下人のように扱った。

高花は見目麗しかったが、武の道に外見は関係なく、一族からは他の女と同様低俗な者として扱われた。

時には、男から情欲を向けられることすらあったが、抵抗することは許されなかった。

武道に心酔した高花にとって、十二歳を超えてからの白家でのそんな暮らしは、地獄としか形容できないほどの苦痛だった。

しかし女に生まれた自分がすべて悪いのだと高花は考えていた。

棍《こん》を振れないのも、下人として扱われるのも、すべて自分が女であるせいだと。

だって、周囲が口々にそう言うのだから。

そんな自分が、一族の役に立てる時がついに訪れた。華国に即位した若い皇帝が、白家からひとり妃嬪を望んだのだ。

白家は代々、王朝に武官を輩出していたので、その誼《よしみ》らしかった。

その時、一族の女たちの中で高花はすでに年嵩《としかさ》のほうであったが、その美しさゆえ、妃嬪として選ばれることになった。

『皇帝の寵姫となり、必ず子をなすのだ。そして皇后となり、白家の名をさらに世に広めるように』

後宮入りするまで、一族の男たちからは口を酸っぱくしてそう告げられた。何度も何度も、耳に胼胝《たこ》ができるほどに。

高花自身も、それが自分にとって当たり前の使命だと考えた。

武家に女として生まれてしまった自分が、一族のために唯一役立てることは、子をなして皇后に上り詰めることだ。

しかし年齢の問題なのかなかなか子は宿らなかった。せっかくできた子も、あっけなく流れてしまった。

その間にも自分はどんどん年老いていく。

毎日のように皺が増えていく。肌の張りも、髪の毛の艶もなくなっていく。醜くなっていく。

そしてそんな高花の夢に、毎晩のように一族の男たちは現れるのだ。

『まだ子をなしていないのか、この役立たず』

『どんどん醜くなっていくな。美しさだけが取り柄だったというのに』

『生きる価値のない、女め』

日に日に追い詰められていく高花。そんな時、西のほうから後宮入りした妃嬪の貢物の中に、西洋の書があった。

文字は判読できなかったが、絵でなんとなく書いてある内容が理解できた。若い女の生き血が、肌の老化を抑えたり、妊娠促進につながったりするということが。

まさか、と最初は失笑した。そんな呪術まがいのこと信じられない、と。

――しかし。

ある日、若い女官に髪結いを任せていたところ、髪飾りの先端が彼女の指に刺さり、出血したことがあった。

偶然、高花の頬に彼女の血がかかった。

女官はすぐに手巾でふき取ってくれたが、その後、血がかかったところだけしみが消え、白く若々しい肌になっているように高花には見えた。

今思えば、「見えた」だけなのかもしれない。絶望の中でなんとか希望を見出そうと、錯覚しただけなのかもしれない。

高花は生き血の魅力に取りつかれてしまった。最初は女官に頼み、健康に害がない程度に血を分けてもらっていた。

しかし若い女の血を身体に塗りこめば塗りこむほど、その部分だけ美しくなっているように見えてしまう。

そして、血を塗りこまなかった日は、極度に肌が老化したように感じるのだ。

それで若い女を誘拐し、血を抜き取ることにした。美しくなるには、健康状態のよい女の血が必要だった。

だから、下町でうろついている痩せた奴婢《ぬひ》ではなく、危険を冒してでも後宮に住まうふっくらとした乙女をさらう必要があった。

百合節の間に抜け出したのも、林徳妃に「顔色が優れない」と言われたからだった。肌の劣化を見抜かれたのかもしれないと、戦慄した。

祭りで劉銀に出会う前に、乙女の血を塗りこんで肌を蘇らせなければと慌てて薔薇園の隠し部屋に向かい、そこで鈴苺たちと鉢合わせ、攻撃し逃げ出したのだった。

――足りない、足りない。若さを保つためには、陛下の子を孕《はら》むためには、もっと血を。若い女の血を。もっと、もっと、もっと、もっと。

「これが事の顛末でございます。女の生き血に縋って、なんとか脆弱な心を守っていたのです。……一応、命を落とした女官はいないはずです。しかし近頃は私も見境がなくなっておりました。死ぬ女官が出るのも、時間の問題だったでしょう。今罪が暴かれて、正直ほっとしているのです。やっと女という立場を捨てられると。女から、ただの罪人になれると」

白賢妃は疲れたように微笑みながら、消え入りそうな声でそう言った。

「お姉、様っ、お姉様っ……！」

武官に取り押さえられ地に這いつくばっている姚淑妃が、涙声を上げる。白賢妃はゆっくりと彼女のほうに近寄り、視線を合わせるようにしゃがみこんだ。

「……淑妃。あなたには、私は一切このことを話していなかった。あなたを巻きこみたくなくて。だけどあなたは聡い方だ。私の様子を見て、行動を見て、あの地下室を発見したのだな。……少し前、さらった女官がひとり脱走した。あなたは私が最大の過ち──女官を殺めてしまうことを防ごうと、命の危機に瀕している女をあそこから逃がしてくれたのだな」

白賢妃が語ったその真実は、鈴苺にとってとても意外だった。

白賢妃に心酔している姚淑妃には、彼女がどんな凶行に手を染めようとも、嬉々として協力するような危うさを感じていたのだ。

しかし考えてみれば、白賢妃は自分を慕う者を巻き添えにして罪の片棒を担がせるような人間ではない。

たとえ精神的に追い詰められていたとしても、本質的に気高い彼女のそこは揺るがないような気がした。

──以前に私が見つけた倒れていた女官は、姚淑妃様が逃がした方だったのね。そしてあの時の不審者は、きっと白賢妃様に従う者……

また、薔薇園の中に隠されていた地下室で、鈴苺が助けた女官はこう言っていたのだ。

――『姚淑妃様を、お助けください』と。

白賢妃の凶行に自ら巻きこまれに行った姚淑妃を、あの女官は救い出したかったのだろう。

「陛下、すべて本当です。調べれば分かること。私は彼女に協力を仰いでなど、おりませぬ。手伝ってくれたのは、こんな私を哀れに思った長年付き合いのある女官、衛士《えじ》と、下町で雇った奴婢《ぬひ》のみ。もちろん光潤も、一切関係ありません」

「――あなたがそこまで言うのなら、きっとそうなのであろう。私はいまだにあなたを信じている。念のため裏は取るがな」

白賢妃の訴えを、劉銀は静かな声で受け取った。言葉尻に、彼の抱いた口惜しさがにじみ出ていた気がした。

「しかし最後にあなたにひとつ伝えなければならないことがある」

「――はい、なんなりと」

「西の国の書の翻訳がすべて済んだが。――人の生き血には、医学的にも美容的にも何も効能がないとの結が出ておった」

「……そうでございましたか」

白賢妃は、特に驚いた様子ではなかった。

彼女は察していたのかもしれない。

しかし、もう後には引けなかったのだろう。

また、何かに縋りたかったのだろう。

すると姚淑妃が瞳を潤ませながら、震える声でこう語り出した。

「お姉様のことなら、なんでも分かるもの。いくら隠していたって、お姉様が悩んでいることも、もがき苦しんでいることも、手に取るように分かってしまったわ。すべてを知った時、私はあなたとともに地獄に落ちてもいいと思った。お姉様のためなら、女官なんて私が何人でもさらってきてやるって思った」

「姚淑妃……」

「……でも弱って苦しんでいる女を見て、分からなくなった。気高く誰にでも優しいはずのお姉様はなんでこんなことをしているのだろうって。私はお姉様に、強く凛々しいままでいてほしかった。……気づいたら女官を逃がしていた。後で口止めをするつもりで。もう、私はどうすればいいのか分からなかった」

「すまない……姚淑妃。苦しめて、すまなかった……」

白賢妃は姚淑妃を抱え、そっと抱きしめた。大きな胸の中で、姚淑妃は声を上げてわんわんと子どものように泣いた。

すべてが明らかとなり、鈴苺が刑吏場を後にしようとすると、なんと劉銀が歩み寄ってきた。背後には、護衛の祥明が控えている。

「劉ぎ……いえ、陛下……」

刑吏場には、裁きの後始末をしている文官がまだ残っていたため、念のためいつもの呼び方を避ける。

「鈴鈴、今回のことが解決できたのはお前のお陰だ。心から礼を言う」

「……もったいないお言葉にございます」

「お前も疲れただろう。今日はもう、ゆっくりと自室で休むとよい」

「ありがとうございます」

鈴苺が頭を垂れると、劉銀は宮廷服の裾を翻し、鈴苺に背を向けて歩き始める。

「……あの、陛下」

そんな劉銀をつい呼び止めてしまった鈴苺。いち宦官《かんがん》としてしてはならぬ行いだとすぐに気づき「も、申し訳ございません」とすぐに謝罪を述べるも、劉銀は気に留めた様子もなく、

「なんだ、申してみよ」

と柔らかい口調で告げた。

「……白賢妃様の極刑は、やはり免れられませんよね」

おずおずと鈴苺は問う。

するとし劉銀は、困ったように小さく微笑んだ。

「――そうだな。白賢妃の犯した罪を、華国の法に照らし合わせるとやはり極刑しかあり得ない。私も彼女の心情を思うと心苦しいし、彼女への愛はまだ存分に残っておるのだが……。例外は認められぬ。甘さを出しては、皇帝の威厳を保てなくなる」

劉銀の言葉はもっともだ。彼は華国の頂点に立つ、荘厳で偉大な存在。

国を愛する民草や、自分を愛する妃嬪には深い慈愛を抱くが、その民や妃たちを傷つける者は、容赦なく罰しなくてはならない。

たとえどんな理由があったとしても。

「……おっしゃる通りでございます。申し訳ありません、愚問でございました」

「なに、構わないさ」

そう告げると、再び劉銀は身を翻した。

深くため息をつき、鈴苺は刑吏場から出ようとする。

すると。

「……そう。私は極刑を覆すことはできない。私はな」

劉銀は振り返らずに、ぼそりと呟く。

まるで鈴苺に何かを念押ししているような、そんな口調だった。

隣に立っている祥明が、一瞬驚いたような面持ちをした後、不敵に微笑んだのが見えた。

その後何人もの女官をかどわかし暴行した罪で、白賢妃の極刑が決まった。

姚淑妃は調査の末、女官の行方不明事件の関与は否定されたが、偽証の罪で五十日の蟄居《ちっきょ》、正一品《しょういっぽん》から正三品《しょうさんぽん》への左降が言い渡された。

また、白賢妃のもとで事件に関わっていた者たちは、後宮内でもっとも位の低い身分へと落とされることとなった。

第七章　武姫のこれから

姚淑妃の調査が終わり、彼女の刑が確定した日のこと。

鈴苺は、ある場所に向かっていた。肩に担いでいる、布に包んだ棍《こん》がやけに重い。

――しかし、姚淑妃様は本当に誘拐事件には関わっていなかったのね。白賢妃様がそう言ったのだからそうだとは思っていたけれど、あの不自然な若々しさは女官の生き血の効能で保っていたのかなあ、なんてちょっと邪推してしまったわ。でも結局、血にはなんの効果もなかったってことだったものね。

そんなことを考えながら歩む鈴苺。

実際のところ、姚淑妃の異常な若さは、彼女の家系が由来しているらしい。

華国の中でも最南端に領地を構えている姚家は、何が原因かは定かではないが、皆実年齢よりも遥かに若々しい外見をしているのだという。

温暖な気候で育つ豊富な農産物のおかげなのか、年中通して過ごしやすい気温と天候がそうさせているのか……さまざまな説はあるが、はっきりとはしていない。

南に住む者特有の楽天的で物事を引きずらない性格が、心身を健康にし若さを保っているという説もあった。

また、国境を越えた南の国は、生まれ持った身分など関係なく、才があるかどうかだけでのし上がれるという自由な国らしい。

民は皆明るく、細かい物事に囚われないのだそうだ。武官時代に遠征の経験があった祖父に、鈴苺は幼いころに聞いたことがあった。

――姚淑妃様も、白賢妃様のことが絡まなければ穏やかで心の広い性格だと聞いたわ。……正直私は、茶会で攻撃されているからいまいち信じられないのだけど。

しかし、あの茶会での一件は白賢妃の凶行をすでに知っていた姚淑妃の策略だったのだろう、と今となっては思える。

狂気じみた行動をあえてすることで、女官をさらって血を抜くというとんでもないことをやってのけても、不自然ではないように見せかけるために。容疑の矛先を白賢妃から、自分に向けさせるために。

そう考えてしまうほど、姚淑妃は白賢妃を慕っていた。いや、崇《あが》めていたと言っても過言ではない気がした。

崇拝の対象に極刑が下り、蟄居《ちっきょ》小屋の中で謹慎中の姚淑妃（すでに淑妃ではないが）は、虚ろな目をして食事にはほとんど手を付けず、日々過ごしているのだという。

入念な調査の結果、姚淑妃が直接女官の誘拐事件には関わっていなかったことが、昨日改めて証明されたばかりだが、本人はもうそんなことどうでもいいようだった。

そして明日、白賢妃の斬首が予定されていた。

——だけど私は、どうしてもこのまま終えたくない。

鈴苺が向かっていたのは、白賢妃が捕らわれている牢だった。

今見張りはちょうど光潤であるはず。

話が分かる人でよかったと心から思う。

本当はもっと早くことを起こしたかったが、姚淑妃が誘拐事件に関わっていないことがきちんと確定するまで、鈴苺は待っていた。

——白賢妃様は、死にゆく自分よりも姚淑妃様の行く末を案じているに違いない。ちゃんと「姚淑妃様の罪は偽証罪のみでした」ってお伝えしなければ、白賢妃様は今後ずっと彼女を心配して過ごすことになってしまう。

そう、今後ずっと。

——ここから逃れた先で。

「鈴鈴、どうした」

牢の出入り口に、光潤が槍を構えて立っていた。

鈴苺は意を決し、口を開く。

「お願いです、光潤様。今からあなたは私に倒され、意識を失う。そして何も見なかったことにしてください」

光潤は目を見開き、一瞬驚いたような顔をした。

しかしすぐに神妙な面持ちになる。

「――そうしたらそなただけが罪に問われるではないか」

なぜそんなことを、とは彼は聞かなかった。

鈴苺が計画していることを察したらしい。さすが、優秀な武官である。

「私はきっとなんとかなります」

劉銀とは幼いころからの付き合いだ。確かに罪には問われるだろうが、皇帝の権力で大事にはしないだろう。

……という鈴苺の緩い目測だったが。

「なんとかなる？　いや、ならんだろう。この中にいるのは極刑が確定した重罪人だ。そなたがいくら陛下推薦の宦官《かんがん》だとしても、ただで済むはずがない」

「え、そうですかね」

「少し考えれば分かるだろう。そんなことに協力はできない」

「ええ……。それじゃあ、光潤様が居眠りをしたことにしてその間に私が……って、ダメか。光潤様が怠惰だって責められてしまいますね」

「鈴鈴、恐ろしいことを考えるな……。怠惰で済むか。居眠りの間に白賢妃様が逃亡していたら、俺だって大層な罪に問われる」

その後も、雷が落ちて牢が壊れてしまったとか、突然野生の熊が襲ってきてそれと戦っている間に逃亡されたとか、いろいろな作戦をふたりで思案した。

しかし、説得力のある「鈴苺と光潤のせいにはならずに白賢妃を逃がす方法」は、どうしても思いつかない。

うーむと低い声で唸る光潤。その真剣な面持ちに、鈴苺は嬉しくなって微笑んだ。

「何を笑っている？」

「いいえ、本来なら一喝されて言いつけられてもおかしくないことを提案しているのに。こんなとんでもないことを、一緒に一生懸命考えてくれて私は嬉しいのです」

「べ、別に。俺だって、白賢妃様の棍《こん》術には一目置いていたからな。こんなところで命を落とすのは、武の道を歩む者として惜しいと思ってしまうのだ」

「私も同じ気持ちです。……しかし、いい案が思い浮かびません」

「そうだな……」

そんな風に、ふたりして困った顔で考えあぐねていると。

「光潤！　お茶に付き合ってちょうだい！」

突然、高くかわいらしいがどこか高飛車な女性の声が響いた。

梁貴妃だった。

女官の誘拐事件が落着したためか、護衛も女官もつけずにひとりでやってきたようだった。

「娘々、こんな時にお茶とは……？　俺は任務中ですが」

「うるさいわね！　あんたは私直属の護衛よ？　私の命令は絶対でしょうが！」

首を傾げて尋ねる光潤に、貴妃はつっけんどんに言う。

しかし確かに、主の命令は絶対ではある。その上に皇帝という国の最高権力者の命があることはさておき。

「いや、しかし……」

「あーもう！　……林徳妃に頼まれたの」

煮え切らない態度の光潤に苛立った様子の梁貴妃だったが、ぼそりと小声で意外なことを言った。

「林徳妃様に？」

「……そうよ。『うちの護衛がとんでもないことをしようとしている。だけどおもしろそうだから手伝いたい。だから光潤を無理やり牢から引き離してちょうだい』って」

鈴苺のほうをちらりと見ながら、梁貴妃は言った。

「林徳妃様が、そんなことを……」

きっと、聡明な林徳妃は最近の鈴苺の様子を見て察したのだろう。

そういえば、ここ数日間人目を憚らずずっとこの作戦のことを考えていた。難しい顔をして悩んでいた自分を、林徳妃は何度も目にしたに違いない。

――おもしろそうだから、手伝いたいって。林徳妃様らしいわ。

「し、しかし……。牢の見張りをしている俺を無理やり連れていくとなると、梁貴妃様も咎められるかもしれません」

「そう？　まあ、大丈夫でしょう。私と林徳妃がお茶をしていたところ、『女同士でお茶するのにも飽きたわね。美男を連れてきましょう』ってことで、あんたを連れていくことにしたっていう体《てい》だから。いわば、私と林徳妃は共犯だから」

と、悪戯っぽく微笑む梁貴妃。

「さすがに、四夫人のふたりがやったことなら陛下も周りも強くは言えないんじゃない？　まあ、いちゃもんつけてくる輩がいたら泣き落とせばいいでしょ。四夫人一の美女である私の涙に、ほだされない奴はいないわよ」

ふふんと得意げに梁貴妃は言った。

泣き落とし云々はともかく、確かに四夫人のふたりが関わっていれば、気難しい文官も口うるさいことは言えない気はする。

「梁貴妃様……ありがとうございます」

鈴苺は深々と頭を下げた。

すると梁貴妃はぷいっと顔を背ける。横髪の隙間からのぞく頬は、わずかに赤らんでいるように鈴苺には見えた。

「……あんたには、借りがあるから」

「借り？」

「うちの光潤を助けてくれたから。あんたが白賢妃様の罪を暴いてくれなかったら、今ごろ光潤の命はなかったわ。……だから、これで貸し借りなしだからね」

「梁貴妃様……。借りだなんて、とんでもございません。もったいないお言葉でございます」

鈴苺が素直に礼を述べると、梁貴妃は「ふん。まあ、うまくやんなさいよ」とそっぽを向いたままぶっきらぼうに言った。

そして、「いや、しかし大丈夫なのですか……？」と、いまだにぐずぐずしている光潤を急かすように追い立て、梁貴妃は行ってしまった。

ふたりが姿を消してから、鈴苺はその場で大きく深呼吸をする。

「よし」と心中で言うと、布を巻きつけた棍《こん》をしっかりと抱え、牢獄の中へと入っていった。

中は明かりもなく、昼間だというのにぼんやりと暗かった。

こもった空気はカビ臭く、鈴苺の足音で逃げ出していった羽虫がいた。

何日か前までは豪奢な住まいで何不自由なく暮らしていた姫がいる場所とは、到底思えないほど淀んだ場所だった。

「……鈴鈴か。何用だ」

彼女――白賢妃が収監されている檻の前にたどり着くと、中からしわがれた声が聞こえてきた。

中を覗きこむと、白賢妃は美しかった髪を結わずにぼさぼさのまま地に向かって垂らし、簡素な麻布の米俵着をまとっていた。

彼女は壁にだらしなく寄りかかり、半眼で鈴苺を見据えている。

「……やはり、あまりお元気そうではありませんね」

白賢妃の様子を見て、鈴苺は眉尻を下げる。

彼女は鼻で笑った。

「もうじき朽ち果てる身に、元気も何もないであろう。しかし、存外に心は穏やかなものだ。女である呪縛から、解放されたからであろうな」

「出された食事もまったく召し上がっておりませんね」

牢の中には、昼餉《ひるげ》と思われる粥の器が置いてあったが、手を付けられた痕跡はなかった。

「だから、この状況で腹を満たす必要がどこにある？　食欲など、もはやほとんど感じぬ。感じたとして、どうでも……」

「困るのです」

鈴苺は白賢妃の言葉を遮るように言った。

はっきりと、強い口調で。

「え？」

「困る、と言ったのです。あなたにはこの後、無我夢中で走り去っていただかなくてはならないのですから」

「鈴鈴……⁉」

白賢妃から動揺したような声が漏れた。

しかし鈴苺は、構わずに鉄格子の側にぶら下がっていた牢の鍵を手に取る。

そして迷わずに、牢の鍵を開錠した。

カチャリという音が、牢獄中に響く。

「鈴鈴……！　何をしておる。気でも触れたか？」

白賢妃はその場から動かず、鈴苺を咎めるように言った。

――きっとこの方は、自分が脱出できるかもしれない喜びよりも、私の今後を案じてくださっている。

だからだ。だからこそ、逃がしたいのだ。

「いえ、正気です」

「私のような重罪人を逃がしたら、宦官《かんがん》のお前はただでは済まんぞ」

「あー、そう思いますよね？　ですが、大丈夫なんです。これには光潤様も、林徳妃様も、梁貴妃様も、関わっていますから」

「なに……⁉」

白賢妃は大層驚いたらしく、かすれた声を漏らした。

「あまりもたもたしている暇はないので、詳しく説明はしませんが……。だから何とかなりますよ。四夫人のふたりがすっとぼけて何とかしてくれると思います。ご心配なさらず」

「林徳妃様、梁貴妃様……なぜ、私なんかのために」

「みんなあなたを慕ってるんです。もちろん私も」

そう言いながら、鈴苺は白賢妃へとゆっくりと近づいた。いまだに壁に背をつけている白賢妃は、涙ぐんでいる。

「……あっ、ちなみに姚淑妃様はこの件には関わっていませんが、無事行方不明事件への関与が否定され、蟄居《ちっきょ》処分と左降処分で済みました」

「姚淑妃様……！　それはよかった、情報感謝する」

白賢妃は今日初めての微笑みを見せる。よほど、姚淑妃のことを案じていたのだろう。

鈴苺は棍《こん》に巻きつけていた布を取り、白賢妃に差し出した。白賢妃は、ふらりと立ち上がる。

「これは……私の棍《こん》ではないか」

「だって、愛用の武器がないと。あなたはこれだけ持っていれば、大丈夫ですから」

「……どういうことだ？」

「四夫人は皆、非常時に備えて後宮外へ繋がる隠し通路を知っていると伺いました。牢を出たら、その隠し通路から城外へ出て、とにかく南へ走ってください。何日かかるか分かりませんが、姚家の領地を出て国境を越えれば、南の国があります。そこは何もかも平等な国だと聞き及んでおります」

「何もかも……？」

白賢妃は、信じがたいという面持ちをしながら聞き返した。

「ええ。生まれで身分は決まらず、肌の色も目の色も、そして性別も、位階や役を決めるのに、なんら関係がないのです。望んだ職に就くのに必要なのは、己に宿した才のみ。文官になりたければ頭脳が、武官になりたければ腕っぷしが。それだけあればいいのです」

虚ろだった白賢妃の瞳に、徐々に光が宿っていく。

「あなたならば、その棍《こん》さえあればのし上がれるはずです。もちろん、武人として」

「そんな……まさか。そんな国が」

白賢妃は、差し出された棍《こん》を受け取った。目を見開き、いまだに衝撃を受けたような顔をしていた。

しかし棍《こん》を立てかけたその動作はやはりきびきびとしていたし、色が戻った瞳は活き活きとしている。鈴苺はその様子に安堵した。

「あなたのような誇り高い方が、こんなところで終わるのは私には耐えられないのです。幸い、女官に死者はおりません。それに、地下室の奥から後で発見された女官たちは、血は少々取られたが、食事は十分に与えられたし体調を崩したら医官が診察してくれたと言っていました。あなたはさらった女たちを丁重に扱っていた。中には、取る血の量を誤ったのか衰弱してしまった女もいたようですが、その方も回復に向かっています。さらわれた女たちの誰もが、あなたの極刑の回避を望んでいました。……あなたを心の底から憎む方など、きっとおりません」

「鈴鈴……」

「あなたは、愛に苦しんだだけ。一族の呪縛に囚われて、もがいてしまっただけ。私はそう思います」

白賢妃は真っすぐに鈴苺を見つめ返した。

すでに彼女は落ち着き払っていた。静かだが、意志の強そうな光を双眸《そうぼう》に湛えている。

「――鈴鈴。私は初めてそなたに出会った時から、もしかしたらと思っていたのだが」

「なんでしょうか？」

「今のそなたの発言で確信した。そのような慈悲を男の感性で持つとは考えられぬ。そなたは宦官《かんがん》ではなく、おん……」

鈴苺は人差し指を立てて、白賢妃の口元へ持っていった。無理やり口を閉じさせられた白賢妃は、言葉を止める。

「それは、白賢妃様の心の中にとどめておいてください」

不敵に微笑んでそう告げると、白賢妃は「ふっ」と小さく笑った。

すると白賢妃は、棍《こん》を肩に抱えて歩き出した。相変わらず姿勢のよい、美しい姿だった。

化粧の施されていない彼女の顔は、暗がりでも小皺やくすみが見えた。やはり若い女の生き血など、何の効果もなかったのだと鈴苺は思う。

しかし真っすぐと前を見つめる彼女は、肌の老化など些細なことと思えるほど、勇ましく美しかった。

白賢妃は、すれ違いざまに鈴苺の耳元でこう言った。

「できることならば、あなたとはもっと早く出会いたかった。そうすればきっと、長い付き合いができたであろうな。武の道を追求する、友として」

「ええ。私もそう思います」

そう答えると、白賢妃は何も言わずに牢獄を後にした。鈴苺が外に出た時には、すでに彼女の姿は見当たらなかった。

「……達者で。美しく、強いあなた」

そよ風に乗せるように、鈴苺は遠くを見つめてそう呟いた。

終章　皇帝の真意

鈴苺の道場に門下生としてやってきたころの劉銀は、小柄で貧弱で、精神的にも脆《もろ》かった。

それまでは皇太子として、後宮で何不自由なく暮らしていたため当然のことであろう。

厳しい稽古の後は、毎日のように落ちこんだ。

兄弟子の祥明にはまったく歯が立たず、自分より小さく非力そうな女の鈴苺にすら、毎回一瞬で負けてしまう。

後宮では、稽古に付き合ってくれた武官にあっさり勝利できていたのに。「いやー、一本取られました。末恐ろしいですな」と、彼らは微笑んでいたのに。

彼らが自分の機嫌を取るために、そうほざいていたことに鈴苺の道場にやってきて初めて気づかされた。

それは、それまでもてはやされることしかなく、全能感を覚えていた劉銀にとって、恐ろしく恥ずかしいことだった。

その日も、門下生たちにこてんぱんにされた。

さらに「未来の皇帝がこんなんじゃ、華国も危ういな」などと、からかわれてしまった。

皇太子への侮辱に当たるとんでもない発言だが、道場にいる間は身分などない。そういう風に現皇帝である父に言いつけられているため、劉銀は涙をのんで聞こえないふりをするしかなかった。

稽古が終わった後、道場近くの小川のほとりに劉銀は来た。

落ちこんだ時に訪れるのは、決まってこの場所だった。そよそよと流れる川のせせらぎは、幾分か心を穏やかにさせてくれる。

しかしいつにも増してふがいなかった今日の自分は、川の水音でも癒やされなかった。砂利の上に座りこみ、すすり泣いてしまった。

――すると。

「あー、こんなところにいたの？　もうすぐ昼餉《ひるげ》よ」

鈴苺の明るい声が響く。

彼女はいつだって溌剌《はつらつ》としていて、まるで太陽みたいだった。

外見は小さく可憐な少女なのに、刀を持った途端鋭い気配を発するところも、劉銀にとっては眩しかった。

「……いらない」

劉銀は俯いたまま、涙声で答えた。

「ダメよ。稽古の後はちゃんと食べないと。強くなれないよ？」

「……どうせ僕なんて強くなれないよ」

思わず、卑屈なことを言ってしまう。

少し後悔したが、投げやりになっていた劉銀は、それ以上言葉を紡ぐ気になれなかった。

すると、すぐ隣に気配を感じた。

鈴苺が自分と並んで腰を下ろしたのだった。

ちらりと鈴苺のほうを盗み見る。彼女の白い膝小僧がすりむけていて、一筋の血が流れていた。

「鈴鈴！　怪我をしている！」

驚いた劉銀は、不貞腐れていたことも忘れて顔を上げた。言われて鈴苺は自分の膝を見て、「あ、本当ね」と軽い口調で言う。

「すぐ手当てしないと！」

「え？　いいわよ別に、いつものことだから」

「ダメだよ、鈴鈴は女の子なんだから」

皇帝のものである後宮の女たちは、傷ひとつつかぬよう、とても丁重に扱われている。

できるだけ美しく見せようと、化粧も衣裳も装飾品も、常にこだわりにこだわりぬいていた。

そんな女たちしか見たことがなかった劉銀には、「女の子は大切に扱わなければならない」という考えが根付いていた。

だから、最初は男に混じって稽古をし、多少の痣《あざ》や傷がつくのをものともしない鈴苺の存在は、衝撃的だった。

もうだいぶ慣れたとはいえ、やはり傷ができているのを見てしまったからには放っておけない。

劉銀は「別にいいのに……」という鈴苺の言葉を無視し、川の水で患部を洗った後、持っていた手巾を膝に結びつけた。

「傷は洗わないと膿《うみ》が出てひどくなるって後宮の医官が言ってたんだ。よく洗ったから、きっと大丈夫だと思う」

「そうなの？　知らなかったわ、ありがとう」

「もっと気をつけないとダメだよ。女の子はきれいでいないといけないんだから」

「え、そうなの……？　別に私はこんな傷くらいどうってことないけどなあ」

「後宮の女たちだったら、膝に怪我なんてしてたら大騒ぎだよ」

「えー。なんか面倒そうなところね、後宮って」

眉をひそめて鈴苺は言った。

女ならば、誰もが後宮の姫に憧れているのだと劉銀は思っていた。

後宮入りさえすれば、着飾って皇帝を悦ばすことだけを考えていればいいのだから。

その後宮を「面倒そう」の一言で片づける鈴苺の様子に、劉銀は驚きを禁じ得ない。

単に後宮がどんな場所なのかを知らないだけなのかもしれないが、武術の腕といい、鈴苺のすべてが劉銀にとって初めての存在だった。

「ねえ、泣いてたでしょ、さっき」

隣に腰を下ろす鈴苺は、劉銀の顔を覗きこみながら言った。

劉銀は、少し前まで自分の不甲斐なさに落ちこんでいたことを思い出し、再び暗い気持ちになる。

「何かあったの？　もしかして、劉銀が今道場で一番弱いから？」

「……そんなにはっきり言わないでよ」

「そんなに気にすること？　修業を積んでればそのうち強くなるでしょう。私だって、こう見えて何年も父上に稽古をつけてもらってるんだから」

「そんな簡単なことじゃないんだよ。……僕はいつか皇帝になるんだから」

か細い声で劉銀は言った。

——そうだ。自分は華国を背負う皇帝になるのだ。誰よりも強く、揺るがない存在でなければならない。

そんな自分は、なんでもそつなく器用にこなさなくてはならないのだ。皆の手本になるように。

強さを見せなければいけない自分に、武道の才がないのは致命的なのである。

初めて刀を持った日から、それなりにうまく立ち回れるほどでなければいけないと劉銀は思っていた。

「え？　皇帝になるのに、それって関係あるの？」

鈴苺はさも不思議そうに、きょとんとして尋ねた。

「そりゃ、あるでしょ。強くなきゃ、みんなついてきてくれないよ。父上だって並みの武官じゃ敵わないほど強いし」

「んー、私は強い人よりも、優しい人がいいな」

何気ない口調で鈴苺は言った。しかし飾り気のないその言葉には、彼女の本心しか感じられない。

「優しい人……？」

「うん。だって、この国全部を守ってくれる人なんでしょ？　だったら優しくてみんなのことを大切にしてくれる人がいいな」

「優しくて、みんなのことを大切にしてくれる人……」

確かに、自分の父は強いが深い優しさも備わっている。

鈴苺に言われて、父の周りの人間がいつも朗らかそうにしているのは、父の懐の深さもあるのだろうということに、劉銀は初めて気づいた。

「強くなくても……なれるの？　皇帝に。こんな僕でも、なれるのかな」

呟くように言うと、鈴苺が劉銀の前に来てにっこりと微笑んだ。

「皇帝になれるよ！　だって劉銀は優しいし、人のことだってよく見ているから。私の怪我を見つけて、手当てしてくれたもん！」

断言するようにきっぱりと言った鈴苺の言葉は、劉銀の心に大きく響いた。

劉銀の今までの女の概念を大きく覆す、破天荒な少女がそう言うのなら、きっとそうなのだろうと思わされた。

その後の稽古も、しばらくの間は兄弟子たちに手も足も出なかった。

しかし気落ちしそうになるたびに「皇帝になれるよ！」という鈴苺の言葉が脳内によみがえるのだ。

すると不思議と気持ちは落ちずに、自分を奮い立たせることができた。

数か月後に、初めて祥明に一撃を食らわすことができてからは、成長が早かった。

一年が経つと、鈴苺や祥明の次くらいに強くなっていた。

その後道場を離れ、後宮での暮らしに戻り、そして予定通り劉銀は十六歳で皇帝となった。

しかしずっと、あの日傍らで微笑んだ鈴苺の言葉が心の支えだった。

――だが俺は、君が言うほど優しくもなく、人のことを見ていなかった。あのころから成長していないのかもしれない。

女官行方不明事件の解決に至る経緯を思い返し、劉銀は思う。

白賢妃の心の闇に、自分は気づくことができなかった。姚淑妃の葛藤にも。

さすがに、光潤のことは姚淑妃の偽証だと踏んでいたが、彼の疑いを晴らすためには、後宮裁判にかけるしかなかった。

鈴苺とその周辺が、すでに確かな証拠をつかんでいることを見越して。

鈴苺は、その天真爛漫な魅力で白賢妃や林徳妃、光潤の心を捕らえてしまっていた。きっと、本人のあずかり知らぬところで。

――いつも君は、人の心に自然に入りこみ、魅了する。

劉銀自身もそうだった。幼いころのあの河原での出来事以来、鈴苺は自分の心を捕らえて離さない。

四夫人や他の妃嬪にも、もちろん深い愛情はある。

しかし鈴苺に対してだけは、特別な思いがあった。

女を愛する気持ち以上の何かが。皇帝として欠けたものがある自分を、彼女が補ってくれるような気すらしている。

――そうだ。俺は優しくないんだ。全然、優しくない。だって俺が、君を後宮に呼び寄せた本当の理由は――


「困ったなあ。牢に閉じこめていたはずの白賢妃がいなくなっていて、後宮内は大騒ぎだ。皆何か知っているか」

夜、林徳妃のもとへやってきた劉銀。

しかし今回も、御渡りとは名ばかりで、行方不明事件の相談をしていた時のように、室内には鈴苺と祥明もいた。

劉銀の言葉は、いつもより間延びしており、白々しい声音だった。林徳妃と鈴苺は顔を見合わせて微笑む。

――刑吏場での劉銀の「……そう。私は極刑を覆すことはできない。私はな」という言い方は、自分は立場上どうすることもできないから、お前たちがうまいことをやってくれって言っていたようなものだったものね。

きっと劉銀は、白賢妃が脱出しやすいように、衛兵の配置などに手を回してくれたのだろう。

しかし劉銀は知らないふりをするしかないのだから、ここは自分もとぼけなくてはならない。

「さあ、私は何も存じませんわ。その時間は梁貴妃様とお茶をしていたので」

「私も何が何やら……」

笑いを堪えながらふたりがそう言うと、祥明は察したようで「恐ろしいことを考えるなあ……」とぼそりと呟いた。

すると、劉銀は堪えきれなかったようで、ははは、と豪快に笑った。

「この面々だから言うがな。正直ほっとしている。白賢妃の命を奪う必要がなくなったことには」

「陛下……」

「彼女の心の弱さに俺はまったく気づかなかったのだ。俺にも責任がある」

劉銀の微笑みはどこか自嘲的に見えた。白賢妃に対して、深い自責の念を抱いているのだろう。

「仕方ありませんわ。あの方はいつも凛々しくて気高くて……。あんなことを抱えているだなんてきっと誰も想像できなかったわ。陛下は、白賢妃様以外の女のことも気遣わなければなりませんもの」

「そうか……。林徳妃は相変わらず優しいな」

劉銀は、林徳妃の髪を撫でながら艶っぽく見つめる。

林徳妃は嬉しそうに頬を染めた。

「もう事件も解決しましたし。そろそろ本当の夜伽《よとぎ》を待っておりますからね」

「ああ、近いうちに必ず」

すぐそばで愛の言葉を言い合うふたりを見て、鈴苺は「事件の間はあまりそんな感じはしなかったけど、なんだかんだ愛し合っているんだな」と微笑ましい気持ちになった。

――おっと、いけない。劉銀に聞いておかなきゃならないことがあったわ。

「お取込み中悪いんですけど。あの、私の役目はもう終わりですよね？」

うきうきとした気分で劉銀に尋ねる鈴苺。

そう、女官の行方不明事件は無事に解決したのだ。もう鈴苺が男装して宦官《かんがん》をやる必要なんてないはず。

林徳妃のことは好ましく思っているし、後宮での生活は思ったほど苦痛ではなかったけれど、早く道場で思いっきり稽古に励みたくて仕方がない。

身体がうずうずしてしまっていた。

――しかし。

「え？」

劉銀はなんのことなのか分からない、といった様子で首を傾げた。

「だから。私はもう、林徳妃様の護衛でいる必要はないですよね？　事件は解決しましたし」

「え⁉　鈴鈴辞めちゃうの⁉　いいじゃない、このまま私の専属の護衛で！」

鈴苺の言葉を聞いて、林徳妃はうろたえながら主張する。

「そうおっしゃっていただけるのは嬉しいですし、林徳妃様とともに過ごすのはとても楽しかったのですが、父の道場を継ぐ身としては、早く戻らなくてはなりませぬので……」

「ええ……そうなの？　残念……」

しょんぼりと林徳妃はうなだれる。

心苦しい気持ちになるが、これぱっかりは仕方がない――と思う鈴苺だったが。

「え？　詔令文書には任期は未定だと書いていたはずだが？」

劉銀がさも不思議そうな顔をして言う。

どこか、白々しい気配すら放っていた。

「いや……でもそれは、行方不明事件がいつ解決するか分からないから、そう書かれたんでしょう？」

「そもそも行方不明事件が解決したら任務が終わりとは、俺は一言も言っていないのだが」

「えっ……！」

劉銀の言い分は衝撃的だった。しかし確かに思い返してみたら、そんな言葉は一切覚えがない。

「女たちが行方不明になっている件で自分が駆り出されたのだろう。じゃあ解決したら終わりよね」と、鈴苺自身が思いこんでいただけで。

――えっ、で、でも！　困るんだって！

「い、いや、あのですね！　それじゃあ、終わりってことに今できませんか⁉」

「いやー、今回の鈴鈴の働きぶりはすばらしかったからな。実際、お前がいなければこうも早く解決しなかっただろう。引き続き、林徳妃の専属の護衛を頼む」

「え⁉　そんなの困ります！　私はそんなつもりは……」

「まあ、そういうことだ。む、そういえばまだ執務が残っていた。というわけで俺はこれで」

「ちょ、ちょっと！　陛下⁉　劉銀ー！」

叫ぶ鈴苺には構わず、劉銀はいそいそと林徳妃の寝室を退室した。

「私は嬉しいわ！」と、林徳妃は鈴苺に抱き着くが、衝撃を受けている鈴苺は涙目になってしまう。

「鈴鈴……まあ、頑張れ。俺も手助けするから」

苦笑を浮かべながら祥明はそう言うと、劉銀の後を追うように部屋から出ていった。

林徳妃の寝室を出て、夜の後宮庭園を歩くふたりの男。

「あいつ、全然俺に嫉妬してくれないんだが」

星が瞬く空を見上げながら、劉銀が呟く。

少しでも自分のことを思ってくれるなら、林徳妃との熱い会話の時に、もうちょっとおもしろくない顔をしてくれるだろうと思ったのに。

しかし鈴苺は、「ふたりは仲がいいのね～」とでも言わんばかりに、微笑むだけだった。

祥明は苦虫を噛み潰したような表情になった。

「脈がないんだろ。諦めろよ」

「お前も似たようなものだろう？」

「一緒にすんじゃねえ。俺は両家公認だ。お前の無茶な命令がなければ、近いうちにあいつと結婚できたんだ」

苛立った声で言う祥明。

劉銀はふっと鼻で笑う。

「そうか。それはよかった」

「は？」

「お前たちのことは噂で聞いていた。ふたりも年頃だし、いつ祝言《しゅうげん》をあげてもおかしくないとな。無茶な命令でも出してみるものだな。まさか、こうもうまくお前たちの邪魔ができるとは」

「……てめぇ」

こめかみに青筋を立てて、祥明は怒りを露わにする。

そう、劉銀が鈴苺を後宮に呼び寄せた裏の目的は、鈴苺が自分以外の男と結ばれるのを阻止するためであった。

もちろん、女官の行方不明事件にも頭を悩ませていた。彼女が林徳妃の護衛として適任だったことは、確かだ。

しかし、他に林徳妃の護衛候補がまったくいなかったわけではない。

女の鈴苺に宦官《かんがん》のふりをさせるという無理難題を押しつけるよりも、もっとすんなりとその任につける者は何人かいた。

それでも鈴苺に詔令文書を出して後宮入りさせたのは、鈴苺のすべてを自分のものにしたいという劉銀自身の欲望のためだった。

鈴苺が妃嬪として後宮に入れば、その望みは簡単に叶う。実は、今までに何度も劉銀は鈴苺の後宮入りを試みようとした。

しかし鈴苺の性格からいって、絶対に難色を示すということが分かりきっていたため、踏みとどまっていたのだ。

何人《なんびと》たりとも皇帝には逆らえないため、命じさえすれば鈴苺は後宮入りするだろうが、自由に刀を振れない環境にいたら、彼女は活力を失うだろう。

そんな鈴苺など、劉銀は望んでいない。それに鈴苺から武芸を奪ったら、きっと生涯恨まれてしまうだろう。

そのため、ずっと鈴苺の心を守りつつ、彼女に嫌われない形で自分の手元に置く方法をずっと劉銀は思案していた。

だが長い間いい案が見つからなかったのだ。

しかし祥明との婚約話を小耳に挟み、もう劉銀はなりふり構っていられなくなった。だから鈴苺に男装させて宦官《かんがん》になってもらうという、滑稽な計画を遂行したのだ。

無茶な要求に鈴苺は不満を覚えたらしいが、劉銀を嫌悪してはいないようだった。昔のように話せと命じると、屈託のないあの微笑みを向けてくれるから。

想像以上にうまくいき、内心笑いが止まらない。

——そう、俺は優しくない。俺は君を傍らに置いておきたいのだ。たとえどんな形でも。

祥明は憎々し気に劉銀を睨んでいる。

林徳妃の寝室で口数が少なかったのは、劉銀が鈴苺を後宮にとどめようとしていることに、憤っていたのだろう。

この強く懐の深い男なら、きっと鈴苺の夫にふさわしい。この男と結ばれれば、彼女は幸せな一生を約束されるに違いないだろう。

――だが、そんなこと許さぬ。

心の底から、何かが欲しいと思ったのは生まれて初めてだった。何もかも、望んだものはたやすく手に入る環境だったのだから無理もない。

後宮にも、地位にも、女として着飾ることにすら興味のない鈴苺を手元に置くには、この方法しかなかった。

しかし今回の件で、改めて劉銀は鈴苺の素質を感じた。

他人を見極める目、ひきつけられる魅力、そしてゆるぎない芯の強さ。

「俺にはあいつが必要なのだ。……いつか必ず手に入れて見せる」

夜の庭園の中心で、劉銀は静かにそう宣言した。

「……この、昏君《フンチュン》め」

祥明は吐き捨てるように言う。

「欲しいものを手に入れるために手段を選ばない――華国の歴史に名を刻んでいる豪傑たちに倣ったつもりだがな」

「刀を振り回しているのが何よりも好きな鈴鈴は、こんな窮屈な場所望んでねぇよ。お前もそんくらい分かんだろうが」

「では、後宮を窮屈な場所にしなければいい。――あいつがここの一番上に立つとしたら、どうかな？」

　それはあまりに突飛な発言だった。祥明は一瞬驚いたような顔をしたが、すぐに不機嫌そうな面持ちになる。

「気は確かか」

「俺はいたって真面目だ」

「……お前がここまでの暴君とは思わなかった。俺はその目論見を、何が何でも邪魔すると今心に決めたからな」

「おもしろい、やってみろ」

　祥明の宣戦布告を、劉銀は不敵な笑みを浮かべて受け止めたのだった。

お前は俺の、
最愛の花嫁——

時は大正。あやかしが見える志乃は親を亡くし、親戚の家で孤立していた。そんなある日、志乃は引き立て役として生まれて初めて出席した夜会で、由緒正しき華族の橘家の一人息子・桜《おう》虎《こ》に突然求婚される。彼は絶世の美男子として名を馳せるが、同時に奇妙な噂が絶えない人物で——警戒する志乃に桜虎は、志乃がとある「条件」を満たしているから妻に選んだのだ、と告げる。愛のない結婚だと理解して彼に嫁いだ志乃だったが、冷徹なはずの桜虎との生活は予想外に甘くて……!?

◉定価:726円(10%税込)　◉ISBN:978-4-434-33471-9　◉Illustration:櫻木けい

CHECK!
アルファポリス
第3回
キャラ文芸大賞
奨励賞受賞作!

不本意ですが イケメン猫と
新婚生活はじめます。

田舎の一軒家で一人暮らしをする大学生の茜《あかね》。それなりに平穏な毎日を送っていたはずが、突然、全てのあやかし猫を統べる化け猫・常盤《ときわ》の妻になってしまう。しかも、一緒に暮らさないと命を狙われるというオプション付き!?　どんなに甲斐性抜群のイケメンでも、そんな結婚絶対無理――と、早々に離婚を申し出た茜だけれど、何故かこの結婚、ちょっとやそっとじゃ解消できない呪いがかかっていて……。自由すぎる極甘夫と円満離婚を目指す、新妻奮闘記!

◉定価：726円（10%税込）　◉ISBN:978-4-434-28653-7

◉Illustration：ななミツ

この作品に対する皆様のご意見・ご感想をお待ちしております。

おハガキ・お手紙は以下の宛先にお送りください。

【宛先】

〒150-6019 東京都渋谷区恵比寿 4-20-3 恵比寿ｶﾞｰﾃﾞﾝﾌﾟﾚｲｽﾀﾜｰ 19F
（株）アルファポリス　書籍感想係

メールフォームでのご意見・ご感想は右のＱＲコードから、
あるいは以下のワードで検索をかけてください。

アルファポリス　書籍の感想　検索

ご感想はこちらから

アルファポリス文庫

華《か》後宮《こうきゅう》の剣《けん》姫《き》

湊 祥（みなと しょう）

2025年1月31日初版発行

編　集ー中村朝子・大木 瞳
編集長ー倉持真理
発行者ー梶本雄介
発行所ー株式会社アルファポリス
〒150-6019 東京都渋谷区恵比寿4-20-3 恵比寿ｶﾞｰﾃﾞﾝﾌﾟﾚｲｽﾀﾜｰ19F
TEL 03-6277-1601（営業）　03-6277-1602（編集）
URL https://www.alphapolis.co.jp/
発売元ー株式会社星雲社（共同出版社・流通責任出版社）
〒112-0005 東京都文京区水道1-3-30
TEL 03-3868-3275
装丁イラストー沙月
装丁デザインー西村弘美
印刷ー中央精版印刷株式会社

価格はカバーに表示されてあります。

落丁乱丁の場合はアルファポリスまでご連絡ください。

送料は小社負担でお取り替えします。


ISBN978-4-434-35142-6 C0193